Joachim Ziegler

Algier

Görlitz Schlesien Schlesische Oberlausitz

Bibliografische Information der Deutschen Bibliothek:
Die Deutsche Bibliothek verzeichnet diese Publikation in der Deutschen Nationalbibliografie; detaillierte Informationen sind im Internet über
<http://dnb.d-nb.de> abrufbar.
1.Auflage Februar 2009
2.Auflage Dezember 2009

©2013 3.Auflage, Joachim Ziegler
Herstellung und Verlag: Books on Demand GmbH, Norderstedt
ISBN: 9783732294695

Joachim Ziegler

Algier

Görlitz Schlesien Schlesische Oberlausitz

Personen:

Holger, 43, sportlich gebaut und im 7.Monat, kurzes Haar, halbe Glatze

Ursl, 52, Bekleidungswissenschaftlerin, Mutter von 2 erwachsenen Söhnen, langes schwarzes Haar, trägt sie offen

Achim, 42, geschieden, dunkelblondes kurzes Haar, halbe Glatze

Bernhard, 42, geschieden, dunkelblondes kurzes Haar, Vater von Sohn 10

Matze, 47, groß und sehr schlank, immer verschmitzt, Hände wie Schraubstöcke, Vater von Tochter 10 und Söhne 4 und 13, Haare blond, sehr kurz

Jette, 47, schlank, mittelblondes sehr kurzes Haar, Mutter einer Tochter, die gerade ein Kind bekommen hat

Katl Förster, 39, kräftig gebaut und kräftig in Wort und Tat, wirkt wie eine Spanierin, Mutter von Tochter20, Sohn16 und Tochter13, langes schwarzes Haar, meistens Pferdeschwanz

Rainer, 47, klein und sehr schlank und drahtig, kurzes Haar mittelblond

Sepp, 44, der Hausmeister, verwuseltes brünettes lockiges schütteres Haar

Olli, 43, TheaterPädagoge, Vater von 2 Söhnen, dichtes schulterlanges lockiges Haar, meistens verwuschelt

Mario, 43, ein schöner Mann, Gitarrist, der auch Klavierspielen und singen kann, dunkelblondes schütteres kurzes Haar, 2 Kinder Töchter 21 und 3

Heinzpeter, 31, TheaterDramaturg, dunkelblondes kurzes Haar

Heinrich, 48, hat Sinn für Gerechtigkeit und Sauberkeit, dunkelblondes kurzes schütteres Haar

Danuta, 39, geschieden, kurzes schwarzes Haar

Hannel Müller, 20, gerade mit Ausbildung fertig, hübsch wie ein Model, sehr kurzes schwarzes Haar

Melanie, 20, gerade mit Ausbildung fertig, blond, sehr kurzes Haar
Margret, 27, Mutter von 3 Kindern, Haar Pferdeschwanz,
dunkelblond
Maria, 20, DeutschKubanerin, gerade mit Ausbildung fertig, Mutter
eines Sohnes, gelocktes langes dichtes schwarzes Haar
Fritz, 27, KulturManager, groß und sehr schlank, gepflegtes langes
Haar bis Po, mal trägt er es offen, mal als Pferdeschwanz
Frank, 27, KulturManager, gepflegt, kurzes Haar
AnnaMaria, 19, gerade mit Abitur fertig, sehr schlank, dunkelblondes
glattes langes Haar
Olga, 80, die Oma, Haare im Gocksch, man weiß nicht wie lang
Jippi, 43 drahtig, Hände wie Schraubstöcke, FilzSträhnen über
1Meter lang zum Pferdeschwanz gebunden
Roswittl Schmitt, 22, groß, Haar meist als Pferdeschwanz, langes
glattes Haar, blond, das sagt alles

KAPITEL 1

Gerrlitz , Hotel Monopol :

Jippi auf Postplatz brüllt wie Marktschreier:"Ächte Thüringer FischRostBratwurst!"

Verwunderlich ist nur, daß neben dem Gammler aller Gammler von Gerrlitz, um den die NichtGerrlitzer kopfschüttelnd aber scheinbar völlig unberührt einen großen Bogen machen oder frühgenug die Straßenseite wechseln, was beim MichelBrunnen auf dem kreisrunden Platz der Befreiung eine Schwierigkeit darstellt, ein FußballStand zur WM ist, ein Projekt des Arbeitsamts.

Ursl kommt

Ursl:"Grieß dich, Jippi! Doa hoat sich doas AiroStadtMarketing woas usgedacht!"

Jippi:"Grieß dich, Ursl! Noa?"

Ursl:"Stoonen tunse über unser WM-Maskottchen. Sieht us wie ne Briehworscht, soanse. Sejnn enttaischt, doaß ma es nieh erst essen koann."

Jippi lobend:"Haste oo scheene Hoosufgaben gemacht und unser Maskottchen unter den Laiden vateilt?"

Ursl:"Gucken een´an, als wäre ma varickt."

Jippi ironisch verteidigend:"Ach Ursl. Schimpfen tunse, doaß ma es nieh essen koann. Hoamm es vor Wut vor meenen Oogen zaträten. aba ährenamtlich iss es."

Ursl ironisch:"Doas iss der Fortschritt, dän uns Helmut Kohle vasprochen hoat."

Achim kommt

Achim:"Grieß aich! "

Jippi:"Grieß dich, Achim. Nu ?!, Ieh hätte niehmoahls gedacht, doaß Ieh mal Wirschte miete Ufschrift "Keene Macht den Drogen" an nischtoahnende Passanten vateile."

Achim sieht ihn groß an:"Denkste Iche?! "

Achim sich zum Amtsgericht drehend, schwärmerisch:"Oah ! Seht einmal da!, die GelbWeiße Flagge am Amtsgericht. Schlesische OberLausitz. Die Landschaft. Dieser Postplatz! Ach, do müßte ma Gemälde malen. Naturalismus!"

Jippi:"Fier mich bedaitet Naturalismus Naturoahlien, Läbnsmittel, doas iss die Thäorie von den Naturoahlien. Doas heeßt: Fressen. Die

Thäorie von den grundläjenden Dingen zur Erhaltung der Menschen. Doas erinnert mich doaran, doaß Ieh haide noo nischt gegessen hoabe."
Ursl:"Eene vadurbene Bockworscht us Plaste an die Laide vateilen. Dän Laiden woas ufschwatzen."
Jippi:"Nu nu?! Doas iss ne Kunst." und mit erhobenem Zeigefinger:"Und doadefier is ma in die Schule jegang." Und Blick in die Luft, "Noa, Ieh nieh."
Achim:"Kunst muß ma nieh erklären. Soag Ieh immer, wenn die Passanten Fragen hoamm."
Jippi:"Oalles bloß Werbung fier Airopäische Union."
Achim:"Weil mir nu jetze inna Nato sind."
Jippi:"Es iss nieh oalles schlecht, woas usm Westen kam. Die Westpakete, doas war ock scheene."

Rainer kommt:
Rainer:"Na, Hallo erst mal! Nee Nee Nee, doas stimmt ock gor nieh! Doas iss goanz anderster."
Jippi:"Die WMMaskottchen vateilen. Noa, Besser wie Hundewirschte oan´ Elbwiesen ufsammeln."
Rainer:"Doas wird sich noo zeigen, ob doas besser iss."
Achim:"Mit den Westpaketen konntet ihr aich ock nu werklich nieh beklagen. Ihr watt ock geil uf BRD, oder? Wengst hoamm die Wessis mal ihre Gefiehlsseite gezeigt und ihren Vawandten inna DDR geholfen."
Ursl:"Also Ieh war nieh geil uf die BRD. Ieh hatte eene sichere Gesellschaftsordnung mit eenem sicheren Job mit eener Familie, Ehemoann und Kinder. Doas iss alles 89 kaputtgemacht worden."
Achim:"Aba Ursl, hoabt ihr aich nieh ieber die Westpakete gefreut? Die DDRler mußten ock soviel entbehren."
Jippi ironisch:"Mir hoamm nu nischte gehoabt."
Achim verwirrt:"Fier die arme DDRBevölkerung waren ock die Wessis mit ihren Westpaketen eene Wohltat."
Ursl:"Die Samariter? Die Westpakete konnten die Wessis Voll von der Steuer absetzen, die Westpakete hoamm die Wessis nieh bloß nischte gekostet, sondern doas heeßt durchgerechnet, doaß die Wessis oan jädem Westpaket vadient hoamm."
Achim außer sich:"Woas?!"
Rainer:"Westpakete, Pah!, do hoamm mir genau jene Süßigkeiten

bekommen, die mir zuvor selber miete´n eegenen Händen hier im VEB Süßwaren Görlitz hergestellt hoamm, wo die Wessis in BRD gedacht hoamm: ach, den oarmen Ossis schicken wir mal woas Guttes. Paket ufgemacht, DOAS woar ne Ernüchterung.“

Achim:"Woas!! Doas iss ju super geil! ", lacht brüllend und schlägt sich vor von Skepsis zur Erkenntnis emporsteigendem Vergnügen wuchtig auf den Oberschenkel," Doas durf ock nieh wahr sein!“

Ursl:"VEB Bekleidungswerke Görlitz: KinderMode, bei Nekamann doas Gesamte Angebot KinderMode Jungen, doas hoabe Ich, hoamm Mir hier in Gerrlitz für Nekamann hergestellt und an Nekamann in die BRD exportiert.“

Achim:"Woas!!!", lacht in grimmiger Erkenntnis,"Doas gibts ju gor nieh!" und schlägt sich brüllend auf die Oberschenkel.

Jippi:"Also Iche, Ieh hoab mich immer über die Westpakete gefreut. War nieh oalles schlecht, woas usm Westen kam.“

Achim vorwurfsvoll:"Lieber Jippi, so ironisch du es meenst, so bedienste im Grunde aba oo die BRD Correctness mit diesem "Es woar nieh oalles schlecht inna DDR", doas heißt nämlich: DDR iss nieh bloß Kulturlose III.Welt, sondern DDR iss Schurkenstaat. Wie Irak. doas heeßt: Iraki sollen vor Scham im Boden vasinken, aba ma arloobt den Iraki gerade noch zu soan: es war nieh oalles schlecht bei Saddam Hussein. Doas iss EENE Ebene.“

Jippi:"Ah, der Professor spricht.“

Jippi:"Hoat der Biergermeester in RTV wieder miet´unsern Fußballern gepranzt:..," Jippi selber stolz "Ballack, Weinhübel/Görlitz ..“

Ursl:"Und Jeremies, die Eltern wohnen in Königshufen, Terrasse.“

Jippi:"Nu nu ?!“

Rainer:"GelbWeiß Gerrlitz iss so gut, doaß die besten Spieler zu größeren Klubs abwandern. Weil se doa Geld vadien. Sogoar RTV boykottiert, ieber Gelb-Weiß zu berichten. aba doas muß so sein. Wäjen der Werbung und Senderechten.“

Achim außer sich:"Woas?! Der Schlesische Fernsehsender boykottiert die Berichterstattung ieber seinen Schlesischen Fußballvaein. Sind die woahnsinnig?! ZTU hoat die gekooft oder woas? Weeß mar ock, doaß die ZTU "Schlesisch" fierchtet wie der Teufel doas Weihwasser.“

Rainer:"Doas muß so sein. Se dierfen nieh. Wäjen Werbung, soanse.“

Jippi feixend:"Se wolln ock ´n reechen Urloobern in den tairen Hotels

RTV als ´n bliehenden RegionoahlSender bieten. Miete Werbung fier dän Wirtschaftlichen Ufschwung."
Rainer stirnrunzelnd lacht:"Bliehende Liegen. Du, Jippi, du bist wohl nieh ofte in dän tairen Hotels in Gerrlitz. In den Gerrlitzer Hotels gibt es keenen RegionoahlSender, dotte gibt es keen RTV, die hamm bloß SatellitenFarnsähn."
Jippi:"Woas?!"
Achim:"Senden ieber den Sorbischen Fußballvaein Budissa Bautzen aba leugnen ihren Schlesischen GelbWeißGerrlitz! Rassismus nennt ma doas! Armes Daitschland! KunstRaub und IndustriePatenteRaub, Imperialistischer Krieg fier die Vanichtung eener Wirtschaftsmacht. Doas iss wie 45."

Katl, Roswittl, Hannel, Matze, Holger als einziger Mensch mit nacktem Oberkörper.
Matze und Ursl begrüßen sich freudig:
Matze:"Ah die Ursl von der Post iss oo hier! Grieß dich Ursl!"
Ursl:"Grieß dich, Matze!" Beide schütteln sich kräftig die Hand
Jetzt bemerken Ursl und Achim einander:
Beide freudig und neugierig:"Na Du?!"
Katl:"Na?, Grieß Aich!"
Katl entdeckt die Roswittl:"Ah, doa iss ju die Schmittl !"
Roswittl:"Oh nej, die Fersterin !"
Hannel:"Zum Kotzen. Immer so friehe ufstähn."
Katl:"Die Millern iss ju oo hier! Na?, Hannel, biste miet´dennem Ollen gestern uf der Berliner Stroaße, Ieh hoab aich gesähn. Klunkern koofen, ne wa?"
Hannel:"Oach der! Der muß orbeeta. Seen Computergeschäft, der koann nimma klor denken, doa muß Ieh ihm die Klunkern zeigen, die er koofen soll."
Roswittl:"Woas wären die Männel ohne uns Froon?"
Die drei Frauen lachen.
Jippi hocherfreut laut:"Die Hannel kommt oo „..., und die Roswittl kommt oo angewandert !"
Hannel:"Nu nu?!"

Vier Frauen kommen über den Postplatz geschlichen.
Danuta, Jette, Margret, AnnaMaria:
Katl:"Wo iss ieberhaupt unser Sozioalorbejta ? Mir sejnn pinktlich,

und er? Er oals Vorbild?!"
Rainer:"Guckt amol am Gefängnis: Die Fahne der VolksPolizei."
Alle drehen sich ungläubig zu den stolzen FahnenMasten am
Amtsgericht.
Jippi verbessert wie Schulmeister mit erhobenem Finger:"Doas iss die
Sächsische LandesFlagge. Mir gehärrn jetze zu Sachsen."
Alle lachen bitter...
Rainer:"Die BRD definiert Sachsen haide offiziell miet´der Liege, doas
zu Schlesien gehärrnde Gerrlitz und die zu Schlesien gehärrnde
Nördliche Hälfte der OberLausitz seien bis 1945 Sachsen gewäsn,
oftmals gekoppelt damiete, was ebenfalls Liege iss, Reichenau, doas
heutige Polnische Bogatinya, sei bis 1945 nieh Sachsen gewäsn."
Roswittl:"Mensch Rainer. Die kennen ock nieh Fakten vadrähn.
Sowoas kennen die nieh machen."
Rainer grinsend:"Meenste ?"
Matze:"Schlesien ist een reiches Land gewäsn. Meene Mutti ist
Schlesierin. Die solltet ihr mal kennen. Do kennen die Politiker haide
noch so viel liegen."
Katl:"Dän Politikern im Farnsiehn gloob Ieh sowieso keen Wort. Und
der goanze andere Schund, dän ma im Farnsiehn zu sähn kriegt!
Frieher inna DDR hoamm die Jungen Erziehung und Ausbildung
bekommen und einen Beruf erlernt. Heute werden die Gören zur
Gewalt gegen Mädchen und Frauen erzogen. Doa kann die Laien noch
soviel in die Kamera grinsen."
Achim:"Mama ist ein Lateinisches eingedeutschtes Fremdwort aus
„Mamma", zu deutsch Brustwarze Brustdrüse der Frau. Man benutzt
das Wort „Mama" als Reaktionäres Rassistisches sprich Sexistisches
Erziehungsmittel für die Mädchen von heute und reduziert Frau auf
Brustwarze. Der Beweis liegt einfach darin, daß man nicht „Penis" zu
„Vater" sagt."
Holger grinst über beide Backen zu den Männern:"Na hoabt ihr die
Mutti gesähn? Hier gerade vorm Hotel Monopol? Do koann ma die
Oogen verdrähn. Nieh?"
Alle Männer haben sie gesehen. Alle Männer grinsen und verdrehen
träumerisch die Augen. Alle Frauen verdrehen genervt die Augen.
Roswittl:"Du, Holger, Wir Frauen hoamm die oo gesähn. Was hott
diese Frau, was wir nieh hoamm?"
Matze:"Wollen mir amol feststellen: Dän Kreis Lauban, Lauban, eene
von den Städten des beriehmten SechsStädteBundes, hoamm mir

sowieso an die Polen valorn. Vom Rest der Schlesischen OberLausitz hoat die DDR 1950 den Norden dem Bezirk Cottbus, den Süden dem Bezirk Dräsden oangegliedert."
Rainer:"Und 1990 macht es die BRD nieh besser dadurch, doaß sie Beedes oan Sachsen oangliedert."
Matze:"Rischtisch!"
Roswittl:"Rischtisch!"
Alle lachen

Rainer mit miesepetrig grinsendem Gesicht sich zur Flagge des WM-Standes drehend:
"Der GelbBlaue Wimpel fier unser OrbeetslosenProjekt. Doas iss eene Entehrung des Daitschen Fußballs."
Katl:"GelbBlau. Oalles bloß Optische Täuschung."

Jippi:"Jetze sejnn mir komplett! Es koann losgähn! Dän WM-Stand wern se schon nieh glei stählen. Kommt ocke, trinken mir erst amol een gutten Kaffe!"

Alle lachen und begeben sich ins Haus. Hotel Monopol. Heute eine Ruine. Aber für eine OrbeetsamtsMaßnahme reicht es noch. Im Gruppenraum ist eine Theke eingerichtet. Kaffee entsteht in einer Kaffeemaschine, über die Heinrich hinter der Theke stehend wacht. Katze auf dem Hinterhof schnuppert, Heinrich gibt ihr eine Untertasse voll Milch. Auf der HofMauer sitzen weitere 8 Katzen und stehen Schlange für Heinrich´s Milch

Katl in herrischem Kommandoton:"Du Heinrich, iss der Kaffe schon fättich!?"
Heinrich skeptisch, stirnrunzelnd:"In so eenem Ton kriegste sowieso keenen Kaffe."
Katl herzlich:"Mensch Heinrich!"

Frank: ein sehr schöner Mann, tut distanziert, hat seinen Job als gelernter KulturManager, hat in Italien und drüben studiert, Oma Olga mit HäkelundStrickzeug unterm Arm und Bernhard, der aus einer großen PlastikSchüssel mit großem PlastikLöffel Bratnudeln ißt, kommen:

Heinrich arbeitet an der Kaffeemaschine. Mehr und mehr kommen die Leute. Heinrich gießt die Kaffeetassen voll:"Doaß ihr oo schon usgeschlafen hoabt! Und der Chef? Ar vaspätet sich. Scheiß der Hund druf."

Bernhard mit großer PlastikSchüssel:"Hoab mir beem Fidschi n Näppl Nudeln geholt. Lecker. Willste oo mal?"

Holger miesgelaunt:"Nee danke. Was die Sachsen aus unserem Land machen. Na, zum Glick gibts keene Sachsen bei uns. Die Sachsen! Nej ! Da lob ich mir die Vietnamesen, 100 mal lieber wie die Sachsen sejnn mir die Vietnamesen, iss draußen schon richtich scheen wurm jetze."

Katl:"Noa, Du hoast ne Hitze!"

Roswittl:"Nu nu?!, iss ock bald doas Fest der Hoffnung: Ostern."

Katl lacht:"Noa so wie der Holger ussieht, iss er inna Hoffnung!"

Alle lachen.

Roswittl:"Werden nu oo wieder die Osterreeter."

Jippi stolz:"Die Sorben. Sorbischer Brooch."

Achim:"Jetze muß Ieh amol leicht protestieren. Die Medien tun so, oals wierden in Ostritz und inna goanzen OberLausitz die Bevölkerung zu 100% aus Sorben bestähn. Doabei sejnn es bloß 6,25% . Osterreiten iss seit een poaar Joahrhunderten oo een daitscher Brooch. Doas zu leugnen iss Rassismus."

Matze:"Osterreeten iss ursprienglich, und Ieh betone ursprienglich, een Sorbischer Brooch, der bis ins Mittelalter zurickreecht, oals die Sorben noo Heiden woaren. Die hoamm ihre Äcker im Friehling gesägnet."

Achim entrüstet:"Und wie hoamm die Heidnischen Germanen ihre Äcker gesegnet? Davon spricht keen Oarsch!"

Heinrich:"Streetet aich nieh. Es hoat ju doch keenen Sinn.

Matze sich in den Räumlichkeiten umsehend:"Ieh koann es immer noo nieh glooben. Doas iss doas Hotel Monopol, wo mir hier sejnn. Fier GesellenFeiern AbschlußPrüfung. Fier Feiern jäglicher Art. Und Hotel. Und Gaststätte. Essen gähn. Eene Institution. Und haide?", sieht sich um,"eene BruchBude, eene Ruine!"

Holger:"Wie im Stadtpark doas Hoos von der Parkverwaltung: verwuhrlost. Bruchbude. Noa, es gibt ju den Meridianstein zu Ehren Juri Gagarin. Doas iss der Ufschwung von Helmut Kohle."

Rainer:"Der hottn Schuß nieh geherrt."

Alle lachen bitter.

Matze ganz sachlich:"Centrum Warenhaus koann ju wohl nieh der goanze Ufschwung sejn. Doas hotten mir schon vor der Wende. Vor 100 Jahren gebaut. Jugendstil. Een Palast. Na, den hoamm se wengst nieh abgerissen. Wolln mir mal feststellen: Es gibt ock eenen Haufen, worauf Gerrlitz und die DDR stolz sejn kann. Fangen mir mal an: Maschinenbau, Turbinen, Doppelstockwagen vom VEB Waggonbau Görlitz. Waggonbau Mindestens 3.000 Angestellte."

Jette:"Leuchtenwerk auf der Zittauer Stroaße."

Ursl:"BekleidungsWerke. Webereien, VollTuch, Kammgarn Industrie allein 5 Betriebsteile in Görlitz."

Holger:"KlimaTechnik. Ceylon, Sudan, Ägypten haben wir beliefert."

Jippi:"Feuerlöschgeräte, 350 Angestellte."

Bernhard drängelt sich eifrig vor:"Späh Waschmittel, doas Waschmittel der DDR, äh, doas is freilich nieh Görlitz, hergestellt in Genthin die WaschmittelStadt."

Katl:"Genthin, genau!"

Rainer:"ElektroSchaltgeräte. Und doas Kondensatorenwerk Uferstroaße. Fier Fernsähr, Radios, Motoren."

Bernhard:"Pentacon, äh Feinoptisches Werk Görlitz, geheert zu Pentacon Dresden."

Matze energisch:"Mir sejnn eene totale Industrie-Stadt."

Sanfte BerieselungsMusik wie im Kaufhaus strömt aus der Musikanlage, die doas Gerrlitzer Orbejtsamt für die Bühne im Hotel Monopol zur Verfügung gestellt hat.

Rainer:"Die größte Frechheit iss, wie se unseren MinnaBrunnen in TommyMichel umbenannt hoamm. Der Daitsche Michel. Der dumme Daitsche Michel. Wie wir oalles miet´uns machen loassen."

Holger:"Mir sejnn ju oalle bleede. 17 Milliuonen. oals wären wir Dritte Welt."

Ursl:"Bekleidungswerke, Nähen ging nimma. Gutt. Mach Ieh ne Ausbildung: kaufmännisch Fremdsprachen Englisch, Französisch. Ieh weeß noch, wie Ieh als Schülerin an der AiroSchule den andern miet ´dem Polilux Referat vorgeführt habe. Een Lampenfieber hoab Ieh gehoabt. Und danne gings auf eemol. Kaum bin Ieh miet´der Ausbildung fättich, steckt mich doas AAmt ins Frauenzentrum zum Nähen; doa bin Ieh wieder in meenem alten Beruf, miet´dem heutzutage nicht mehr anzufangen iss, und weswegen Ieh nu gerade die neue Ausbildung gemacht hoabe."

Katl:"Ieh kann oon Lied singen von Umschulung."

Roswittl:"Mir hoammse oo ne Umschulung angeboten. Umschulung. Doabei bin Ieh erst 20. Iche, Ieh will ne goanz normoale Ausbildung."

Die Musikanlage gibt nur noch ein Krächzen von sich. Die Musik verstummt.

Jippi:"Die Duddel gäht nimma" und macht sich als gelernter Veranstaltungstechniker an die verstaubte Anlage.

Holger:"Scheeß Technik. Loaß mich mal ran." Holger macht sich an die Musikanlage, vermag aber oo nichts zu verbessern.

Jippi lästert:"Wie Iche: Hott nischt gefunden außer Roter Knopp."

Holger läßt wütend von der Musikanlage:"Ach leck mich!"

Olga:"Und immer scheen fröhlich bleeben!, wie Schweinchen Dick."

Bernhard:"Die Politiker sejnn gehässig, Und mir liebedienern vor ihnen. Geberoatter Eegentiemer von Oberer Berliner Stroaße. BRD Sozioale Murxwirtschaft."

Ursl:"Adios LaPaloma !"

Roswittl:"Stärkt doas die Gerrlitzer Wirtschaft, wenn der Geberoatter oals Großgrundbesitzer unsere Stoadt vaschandelt?"

Holger:"Wo soll denn do n Fortschritt sein?"

Frank:"In der BRD hoat ma do frieher die Häuser besetzt."
Motorengeräusch

Katl:"Herrt ihr doas oo? Mähen die dän Roasen ufm Platz der Befreiung?"

Ursl:"RasenmäherBienen."

Katl:"Das koann ock nieh so laut sein."

Bernhard an der Tür zum Hinterhof:"Doas is koom zu glooben. Die nebenoan im Hinterhof mähen schon wieder den Roasen."

Jippi:"Krank. Doas hoammse erst gestern. Wird wohl schon wieder n Millimeter zu viel gewachsen sein."

Roswittl:"Woas Ieh bee Olli nieh lejden koann, iss dieses ewige Gefasel. Anstatt, doaß er hier eefach bestimmt und macht, diskutiert er miet´uns. Und mir kennen den goanzen Toag diskutieren und een Ergebnis eroarbeeten, oam nächsten Toag diskutiert er weeter, und mir beginnen von vurne."

Holger:"Wie inna Tretmühle. Wie meen Hamster."

Heinrich:"Ieh komm mir hier bee Olli vor wie inna Schule. Und doann doas Feedback: Ieh hasse es! Und wenn ma ihm noom dem Mund redet, bekommt ma een Bienchen ins MuttiHeft."

Holger lacht bitter:"Kriegen mir Bienchen ins MuttiHeft wie inna 1.

Schulklasse."
Roswittl:"Also Iche, Ieh schließ mich beem Feedback grundsätzlich oan. Ieh street ock nieh miet´so eenem besessenen TheaterFritzen."
Heinrich:"Der iss ock gor nieh vom Theoater. Der Olli hoat Pädagogik studiert. Pädagogik Erwachsenenbildung."
Olga mischt SpielKarten:"Haide kostet die Milch oo schon beenah eene Murk! Frieher goabs die Milch in Flaschen."
Katl:"Oma, du meenst Airo! Die Milch kostet beenah n Airo!"
Bernhard:"Doas wirste ihr nimma lernen."
Olga:"Heute ist oalles besser. Mammografie, so was von schmerzhaft, eenmal und nie wieder!"
Heinrich:"Doa kennen mir oo in eene Prasserei gähn, wenn der Olli nieh kommt."
Bernhard:"Taverne gibt es ju nimma. KraizBube, nu nu?!, iss nu oo nimma."
Matze:"Abends kennte ma ins KZ, ins Konzerthaus, nu nu?!, wenn die Wende nieh wär. KZ: unten gings in die Bar reen, bisl variecktes Ansähn, dotte hoat sich oalles getroffen."
Heinrich:"Eene Spelunke goab es, doas heeßt Nachtclub, Absteege bis 1984. Wo jetze Zeh&Aar."
Matze:"Zeh&Aar die RoteArmee, In Biesnitz gibt's sogor eene Stroaße, die noach ihr benannt iss: Stroaße der Roten Armee."
Bernhard:"Der Burghof. Herrlich. Haide vollkommen vafallen. Eene Ruine. Doa gibt's een ChinaRestaurant, doas aba kurioserweise niemoals offen hoat. Doas iss een Wunder der Technik. Oder Touristenheim, vor der Wende Touristenheim und Burghof der Stolz oaller Gerrlitzer, doa goabs Tanz und Restaurant, Aushängeschild fier Gerrlitz. Und beede seit 1989 Ruine, doaß mas haide bloß noo abreeßen koann. Der Prachtbau direkt oan der Landeskrone OstSachsen Druck bis 1989/1990. Und der Victoriagarten, der ist Tanzlokal bis 2005, Grundstroaße Schoade, doaß es dän nimma gibt."
Matze:"Die Stroaße hoat ma umbenannt in Promenoadenstroaße."
Bernhard:"Hä? Doabee iss ock die Promenade unten am Keglerheim, nibber bis ElisabethPlatz."
Holger:"Doas Gemähre der Politiker im Stadtrat ist oo doasgleiche wie im Landtag und im Reichstag,"
Rainer mit Drohefinger:"Du, doas heeßt jetze nimma Reichstag. Doas heeßt jetze Bundestag."
Ursl:"Und RBB hoammse uns oo genommen, miet´allen DDRfilmen,

MDR unser Heimatsender zeigt die bloß selten. Und alles dank der KabelScheiße."

Frank:"Du, du wirst lachen. Es gibt in unseren Gerrlitzer Hotels noo nieh amol unser Schlesischen Gerrlitzer Fernsehsender. Die Urloober gucken in die Röhre. Wuhrscheinlich will die ZTU gor nieh, doaß ihr Gerrlitz bekannt wird. Verständlich wärs. Wir werden miet´eenem LiegenFarnsiehn abgespeist, doas die Bliehenden Landschaften in Gerrlitz und dem Niederschlesischen OberLausitzKreis zeigt. Wenn sich doas bloß amol ändern wierde! Aber es koann bloß schlechter werden. Bis jetze ist der Gerrlitzer RTV noo een Gerrlitzer Sender. Aber ihr werdet sähn, wenn amol die Landkreise naigeordnet werden, und der NiederSchlesische OberLausitzKreis vaschwindet.."

Bernhard wütend:"Woas! Doas trooen die sich nieh."

Frank süffisant lächelnd weiter:"und een OberLausitzSender miet ´dem Sitz in Bautzen die Macht iebernimmt, wird doas Gerrlitzer RTV gleichgeschaltet."

Matze:"Nee, Nee, Frank, doa muß Ieh widersprechen. Sowoas kennen die nieh machen. Doas wäre ja .., doas wäre ja Schweinerei!"

Frank:"Lieber Matze: Guck dir die Politiker an, wie sie bestähnde Normen hinwegfegen, als hätte es sie niemals gegeben. Und unsere Kinder werden sich noo nieh amol doaran erinnern. Sippenhaft bis ins 7.Glied. Wie es schon in der Bibel steht. So wird eine Kultur ausgelöscht. Die GelbWeiße SchlesienFlagge werden sie vabieten und die Ächtung der Schlesischen Bevölkerung wird offiziell. Do kennt ihr Gift druf nehmen. Solange diese Fahne zur Mehrheitsbeschaffung der ZTU dient wie bei den Heimatvertriebenen in AltBRD und keene seriöse MedienPlattform erhält, ist sie willkommen. Wenn sich doas ändert und die Schlesische Bevölkerung nimma so gutt in die Schublade der ZTU-Wähler kanalisiert wird und somiete nimma kontrollierbar ist, doann ändert sich die Sache und die Flagge wird goanz offiziell verboten."

Achim:"Gutter Trick des ZTU-Stadtrats: Ma läßt absichtlich oalles verwahrlosen und vafallen, so ungefähr 15 bis 20Jahre lang, die Alten läßt ma währenddessen wegsterben, und doann soagt ma haide, wie mickrig und elende es inna DDR gewäsn iss. Und dennoch wählen die Leute die ZTU in den Stadtrat. Doas iss unbegreeflich. Doas kennen ock nieh oalles die WessiRentner sejn, die jetze hierher ziehen und die ufm Marienplatz die eenzigen Gerrlitzer sejnn, die zusammen mit den WessiUrloobern bei ner ZTUVaanstaltung apploodieren. Ma löscht eene Kultur aus, Iche als Schlesier weeß, wie die Wessis sowoas machen, und doann setzt ma mit der ieblichen Heuchelei oalles daran und tut so, als wäre ma fier den Wiederufbau."

Matze:"Rote Armee! Hähä. Und vazahnt miet´den Sowjets war die Stasi. Staatssicherheit, Kommandantur von Sowjets iss Thälmannstroaße haide Moltkestroaße, daneben Stasi."

Rainer:"Stasi, wenn Ieh doas Wort schon heere."

Holger:"Bee uns oben in Nord: Leningrader Stroaße iss die Lausitzer Stroaße, und Stroaße der Oktoberrevolution iss die Schlesische Stroaße."

Ursl:"Furtstroaße Fachhochschule, vor der Wende ist das die „Ingenieurschule für Informatik und Datenverarbeitung". Aus der ganzen DDR kamen die Studenten, miet´denen Wir Junge Mädels gerne mal angebandelt haben", schmunzelt Ursl verschämt und stolz. "IngenieurSchule ist die Schule von der VollTuch. Do hoab Ieh gelernt. Von Kahlbaumallee runter zur Neiße, Grenze nach Polen und zum Zoll gäht die Stroaße der Fraindschaft, links iss Stadtpark, rechts sejn Altbauten. Haide iss doa die Hochschule."

Mario:"GlasKaps Berliner Straße 42, DAS GeschirrGeschäft von Gerrlitz, nu?", und mit Schulmeisterfinger,"Da goabs doas gutte Geschirr, nu?"

Jette:"Nu?! Da hamwa immer eengekooft!"

Bernhard:"Nu?!"

Ursl:"Da hat ocke jäder eengekooft."

Katl:"Nu nu?!, Porzellan, Kaffeeserviiehß und jederlei Eßgeschirr, ein sehr bekanntes Geschäft in Görlitz, wo Fimnainzich % der Bevölkerung ihr Eßgeschirr und vieles mehr eenkoofen, doa hoamwa alle, da hoat goanz Gerrlitz guttes Geschirr eengekooft. Bis 1990Nainzähnhunnatnainzich. Haide Ruine."

Bernhard:"Boleslaw Bierut Stroaße, doas iss haide Dr.Kahlbaum-Allee zwischen Keglerheim und Blockhausstroaße."

Matze:"Karl-Marx-Platz und Mahnmal fier Opfer des Faschismus, iss haide Wilhelmsplatz."

Katl:"Lenin-Platz nennen se haide Obermarkt."

Jippi:"SED-Kreisleitung is haide Ruine wie die gesamte Obere Berliner Stroaße."

Matze:"Zweite Medizinische Klinik Bierutstraße die Zweite Med, große Klinik."

Rainer:"Thälmannstroaße, nennen se haide James von

Moltkestroaße."

Bernhard:"Freisebad Bierutstraße Ecke Emmerichstraße gegenüber vom Keglerheim."

Katl:"Von der Post runter zur Promenade iss die Alexander-Puschkin-Stroaße iss haide Schützenstroaße von Post bis Dr.Kahlbaum-Allee."

Jippi:"Und der Rat des Kreises, doas iss haide Amtsgericht und Gefängnis."

Bernhard:"Schiller-Denkmal Ecke Blockhausstroaße/Bierutstroaße."

Katl:"Fichtestroaße iss die Volksschwimmhalle, nennt sich haide genauso."

Matze:"Platz der Befreiung hoamm se in Postplatz umbenannt."

Heinrich:"Helenenbad. Aber doas iss nimma. Scheiß der Hund drauf."

Roswittl:"Du in Ludwigsdorf, do war oo mal een Schwimmbad. Do wo jetze der Sportplatz iss."

Ursl:"Alles iss vorherbestimmt."

Achim:"Das iss nu mal wieder so tiepisch Evangelisch."

Ursl:"Ieh bin nieh Evangölisch."

Frank:"Reechtum iss bei der Evangölischen UsaOberschicht een Beweis, doaß Gott es gutt miet'eenem meent."

Matze:"Seid ock mol ehrlich. Von uns allen iss keener inna Kirche. Mir sejnn oalles Atheisten."

Bernhard:"Vor der Wende war keener inna Kirche. Nu frieher ..."

Rainer:"Na Keener nu oo nieh. Der Staat machte eenem doas Läbn schwer, wenn ma inna Kirche war."

Bernhard:"Aba es war normal, doaß die Kirche keene Rolle spielte. Und mir hotten unseren Frieden. War oalles besser frieher."

Matze:"Na, DSF Daitsch-Sowjetische Fraindschaft. Wie Ieh diesen Vaeen gehaßt hoabe!"

Rainer:"Na, die Sowjetischen Kriegsgräber hoamm se uns gelassen."

Matze:"Du sag amol, Katl! Ihr hoabt ock Karnickel. Ieh kennt eens gebroocha."

Katl:"Nu nu?! Nu nu?!, Karnickel hoamm mir freilich. Aba doas dooert noch. Aba Lämmer, Zicklein oder Schaflämmer, nu?!, do werden wohl jetze een poaar dran glooben miessen."

Holger:"Nu nu ?! Lamm zu Ostern! Ach Herrlich!"

Katl:"Der Bäcker-und-FleescherChor trifft sich doch rägelmäßig. So een beriehmter Maler iss doa oo immer. Oach, und wißt ihr, die

Obstbauern werden ju dieses Jahr wieder woas zu tun bekommen. Hoabt ihr die Obstplantagen in Biesnitz gesähn? Doa sejnn schon kleene Friechte dran", sie zeigt mit den Fingern 1 Zentimeter Durchmesser,"Jetze schon soo groß!"
Heinrich:"Doas iss oalles die globoale Erwärmung."
Roswittl:"Du Katl, in Ludwigsdorf oo."
Katl ungeduldig:"Oach, Mensch, wann machen mir endlich Vesperpoose !? Ieh will derheeme !"
Heinrich träumerisch:"Schnitten miet´deftiger Worscht .., urntlich Schwarzworscht."
Rainer schwelgerisch:"Hausmacherworscht, Schmalz .."
Roswittl sinnlich:"Blutworscht und Leberworscht, Griebenfett uf frisches Brot ..! Eene Schlachtplatte! Miete Wellfleisch, Blutworscht und Leberworscht."
Jippi:"Und miet´Abbernmauke !"
Roswittl sinnlich:"Oh ju !"
Holger sinnlich:"Oh Roswittl, dafier kennte Ieh dich lieben!"
Roswittl kurz und verbindlich:"Nej Holger, loaß mol!"
Ursl und Achim turteln:
Ursl:"Räuber Du!"
Achim:"Räuberin! Du!"
Ursl:"Meen Kätzl !"
Achim:"Meen Kätzl !"
Ursl:"Ich kann dich gutt lejden."
Holger schlingt voll Appetit wollüstig eine Schnitte mit Worscht in sich hinein.
Ursl:"Holger, du bist ju ungeneußig."
Holger:"Nu nu?!, doas bin Ieh."
Katl:"Du Holger! Freß nieh so viel. Es sieht us, als wärste im 7. Monat schwanger."
Margret, Ursl, Achim, Jippi, Rainer, Bernhard, Heinrich, Matze im Chor gröhlend und lachend:
" Das stimmt!"
Holger verschmitzt grinsend:"Ich muß amol meene Gusche waschen", und ab zum Spülbecken.

Margret:"Ich werd wohl jetze oo bee meem Moann im Beerdigungsinstitut orbeetn kennen. "
Achim:"Beerdigungsinstitut? Doas is gutt. Meene Mutter, die iss

Katholisch. Meene Mutter iss Schlesierin. Meene Mutter is gestorben. Doa hoamm se se weggeworfen wie Müll. Meene Mutter vor der Beerdigung sehen, dh Offener Sarg, is vaboten gewäsn. Fünf kräftige Männer hoamm den Sarg bewacht. Doas is Katholische Beerdigung. Danke."

Margret:"Doas gibts ock gor nieh."

Achim:"Doch, doas gibt es."

Ursl:"Hand vom Verstorbenen halten und sich richtig verabschieden. Bei meenem Vater vor 4 Jahren, do ist jeder ausm Dorf gekommen. Doas hab ich gemacht. Doas hott jeder gemacht. Denn ma kennt sich. Osterzgebirge eben."

Achim:"Na ihr seid wohl sicher katholisch, gell ?"

Ursl:"Nee, alle Evangelisch. Doas iss der pure Anstand. Goanz normal!"

Achim:"Doas koann ock nieh wuhr sein. Evangelisch! Mir hoamm inna Familie immer gelästert ieber die Evangelischen. Weil die oalles so oberflächlich machen, nieh richtig, nieh richtig herzhaft. Ieh bin immer Katholik geblieben, egal woas kommt. Und jetze macht mich die Katholische Kirche zum Deppen. Ich mießte aus Protest aus der Kirche austreten. Dabei trifft die Schuld doas Beerdigungsinstitut. Wenn Ieh doas schon heere, diese SchweeneFirma, Neu-Isenburg/FrankfurtMain/Stadtrand. Ma soagt, die Firma heeße wie diese AmiKinderserie aus den 50er Jahren mit dem Hund, der oalles koann, Ieh meecht nu keene Werbung machen."

Holger:"Iss ja niedlich, oals Name fiern Beerdigungsinstitut."

Achim:"Dabee iss der Pfarrer Massoth der Beste von allen bee der Beerdigung meener Mutter gewäsn. Dabee trifft bloß mich die Schuld, aus der Katholischen Kirche austreten wäre die Verdrehung der Tatsachen. Dabee wollte Ieh bloß Abschied nehmen, wie es sich gehört."

Margret:"Du hast doas Recht, denne vastorbene Mutter vor der Beerdigung zu sähn. Offener Sarg muß sein, wenn du doas willst."

Achim:"Bee eurer Evangelischen Kirche verleicht, Aba nieh bei der katholischen. Und wie schnell meene lieben Geschwister Mutter vagessen hoamm. Mutter liebt ihre Heimat Schlesien. Mutter haßt ihren ExEhemoan wie die Pest. Der iss aus dem Vogtland. Und DEN hoamm meene lieben Brieder mit uf Mutters Beerdigung eengeladen. Ieh hoab vasagt. Ieh hätte diese Liegnerische Vaanstaltung sprengen miessen mit eenem Eklat. Sarg ufmachen. Und bitte. Mal gucken, wer meener Mutter ins Gesicht gucken koann. Seit ihrem Tod hoabe Ieh nischt mehr gegessen. Den Sarg wollte Ieh ufmachen, Aba Ieh bin zu schwach gewäsn. Ieh schäme mich. Der eenzig Gutte bee der goanzen Beerdigung iss der Katholische Pfarrer gewäsn. Der hoat die Wuhrheit gesoagt. Doa hoamm sie aba oalle erschrocken geguckt."

Margret:"Kommt ihr oo miet´uf die MontagsDemo? Ich bin Punk frieher gewäsn. Mir hoamm zwee Kinder, Zweelwe und Vierzähne. Iche und meen Moann essen rägelmäßig immer mal wieder miete Biergermeester Paoli."
Heinrich ist der Herr des Hauses, gießt in alle Tassen ein:"Gäht der Paoli oo uf die MontagsDemo? Ieh bin oo eenige Male uf der MontagsDemo gewäsn. Aba, Ieh froag mich jetze, Woas soll der Scheeß? Die Bevölkerung wird sowieso totgeschwiegen. Doa koann Ieh oo derheeme bleeben."
Holger:"Stehste schon seit HalbeAchte hier und kochste Kaffe?"
Heinrich:"Aba nee ! Seit Siebene . Die Unordnung von gestern ufräumen. Wer war ieberhoopt gestern abend hier drinne? Die Jugendgruppe? Jugendliche alleene könn ock nieh so eene Schweenerei vaanstalten. Wer koann doas bloß gewäsn sein?"
Olga:"Eene Biese Fee war doas sicher."
Matze mit BillZeitung:"Großer Artikel: FußballStadien kennen mir bauen. Aba eenen richtichen NationoahlTrainer hoamm mir nieh", lacht.
Rainer:"Kliensmoann, een Reecher Prominenter, der muß sich nischte mehr bewejsen. Er hoat bloß eenen gutten Namen. Er iss keen Trainer. Doass der Daitsche Fußball uf ihn zurieckgreefen muß, doaß spricht fier doas niedrige Niveau. Die Stadien werden wohrscheenlich noo doas Beste oan der goanzen WM sejn. Gib mal her!", Matze reicht Rainer die Zeitung.
Ursl liest im Niederschlässchen Kurier:
Ursl:"Diese Klappsköppe ! Nej, die Männer Selbstdarstellung in KontaktInseraten. Doas sejnn alles Ufschneider, ne Hoosmuttl suchen die, die denen den Dreck wegräumt !"
Roswittl:"Iebertreeben, und sejnn die Greeßten!"
Holger:"IeberTreeben? Treeben iss gut. Dabee suchen die bloß ne Putzmuttl. Du Roswittl im dinnen HausKittel. Nu nu?!, Dich wierd Ieh gerne meene Kommurke ufräumen lassen."
Roswittl angeekelt wortlos,

stattdessen fast alle anderen Frauen schimpfen laut:"Der Holger! Doas Schween!" "Äkelhaft! Tiepisch Moann!"

Danuta drängelt sich in Verkleidung als Putzfrau mit WischEema und WischMob vor:"Ai Du wollen Polnische Putze! Mache goanze Wohnung schaejne. Wäsche waschen. Biegeln. Ieh machen fier fimf Murk!"

Holger:"Woas? Bloß fimf Murk?", grinst, läuft aber vor Scham rot an.

Aber AnnaMarias und Holgers Blicke treffen sich.

AnnaMaria grinsend:"Doas koann ma oo im Negligée machen. Doas kostet Aba Ufschlag."

Holger:"Ach AnnaMaria! Do werd Ieh goanz wuschich !"

Ursl:"Frau in DDR:

Geld verdienen. Immer gearbeitet.

Die Frau kann nach KindGebären halbes bis 1 Jahr zuhause bleiben und bekommt 90% des Lohnes. Die Frau MUSS ab KindGeburt Monatlich 1mal zur MuttiSprechstunde, wo ieberprieft wird, ob sie ausreichend gutt fier doas Kind sorgt."

Holger:"Drieben hoamm die frieher bloß HoosFroon gehoabt."

Achim:"´Hausfroo´ ist Rassismus , Rassismus gejn Froon iss Kavaliersdelikt; ´Hausfrau´ als Parteislogan geht sehr gutt, während Rassismus gejn Usländer nieh geht."

Heinrich:"Doas vaträgt sich ock eegentlich sehr gut miet´denn Chinesen; die Chinesische Kultur hoat im Mittelalter dar gesamten weiblichen Bevölkerung die Füße von Geburt an fest eingebunden, damiet´se Kriepel wern."

Bernhard:"Woas? Die Chinesen?"

Heinrich:"Nu nu?! Erst Mao hoat damiete richtich Schluß jemacht."

Frank bitter lachend:"Stöckelschuh haide sollen Minderwertigkeitskomplex den Mädels einbleuen."

Heinrich:"Doas Olle China. Wie haide BRD.. D Schlitzaugen haide, die werdn nu oo imma mehr in Daitschland."

Holger:"Ieh kann Wessis nieh lejden. Die von drieben kommen und sich hier ansiedeln. Woas se uns fier ´ne dolle Kultur gebracht hoamm, doas sieht ma ju. LeunaWerke weggenommen fier Een Airo. Unser lieber Helmut Kohle."

Rainer:"Der hottn Schuß nieh geherrt."

Alle lachen bitter.

Holger:"Die Wende hoat die BRD aus der Wirtschaftskrise gerettet.

Vaeenigung. Mir sejnn een Volk. Doabee hoamm se bloß ihren Markt erweetert. Sie geben so an miet´ihrem Geld, doaß se oalles kennen und doaß se uns us däm Rinnsteen ufgeläsn und gerettet hoamm. Äkelhaft. Wessis sejnn äkelhaft."

Heinrich:"Hätten die Wessis mal Urloob in NOL NiederSchlesischem OberLausitzKrees gemacht vor 89, danne hätten se mal gewußt, woas "Armee" heeßt. Lodenau waren die Sowjets stationiert, Rothenburg NVA MilitärFlugplatz, Lodenau, Rietschen WaldKasernen."

Jippi:"Also Iche, Ieh bin durchn Busche bee Nacht und Näbel die Landstroaße quer durchs Sowjetische Militärgebiet. Keene Zaine. Keen Mensch unterwäjs. Keene Kontrollen. Bloß Wildschweene. Und Pilze suchen koann ma doa!"

Heinrich lacht:"Nu nu?! doa koann ma sich nieh zurieckhoalten."

Jippi:"Nu nu ?!, doa sejnn sie Aba werklich oalle unterwäjs gewäsn. Keene Zaine, Nee, die goabs nieh an der Landstroaße. Doa konnte ma in´ Busche und hoat ufm Sowjetischen Militärgebiet die besten Pilze gesammelt. Körbe voll. Alle Welt hoat doas gemacht."

AnnaMaria wiegt die WMPlastikHundewurst tastend und staunend in den Händen. AnnaMaria:"Meen Vibrator sieht oo aso us, wenn Ieh fättich bin", in der Runde entspannt sich ein krampfhaftes Lachen, und doas WMMaskottchen in die Runde zeigend, AnnaMaria:"Die Scheeße iss us Plaste !"

Katl:"Nu freilich."

Holger wie aus allen Wolken fallend:"Us Plaste?! Igitt! Steckt die sich sowoas hinten reen!" Alle verdrehen die Augen, den Holger mit Blicken strafend und manche Frauen sagen:"So een Schween!" Holger wieder brüllend:"Us Plaste?! Woas sollen denn die Passanten miet ´eem Vibrator? Wenns ne Briehworscht wäre! Aba Vibrator?" und seinen Irrtum bemerkend galant zu AnnaMaria:"AnnaMaria, denne Briehworscht, die wierd Ieh danne gerne essen." Noch größerer Protest von knapper aber lauterer Mehrheit der Frauen, aber AnnaMaria schmachtend zu Holger:"Das find Ieh aba lieb von dir."

Holger strahlt. Jette und Danuta von ihrem Polnischen Poker aufsehend:"Machen mir Feedback und Tschüss bis morgen. Du Matze, fang mal an. Was meenstn du zu alledem?"

Matze feixend:"Iche ?! Also wenn ihr mich fragt, die WMworscht iss fiern Arsch!"

Katl:"Aba soag amol: Wo iss denn unser SozioalOrbeeter, hoat dän jemand gesähn ?"

Hannel:"Ieh gäh derheeme."

Matze mit BillZeitung in die Runde:"Hoamm se wieder n paar
Terroristen hochgähnlassen. IslamistenZelle in Köln."
Rainer:"Wieder so n poaar Araber. Mir hoamm ju noo nieh genug."
Frank trocken:"Wer es gloobt, wird sälich. Fier die Haussuchung n
leerstähndes Mietshaus, n poaar stramme Jungs als Polizisten
Sonderkommando vakleidet, und ne Person, die filmt. Und de
Christianisten? Ieber die schweegen die Medien."
Holger:"Die werden sich nu nieh ins eegene Fleesch schneeden."
Matze:"Köln. Doa gibts ock diesen Kapplan."
Rainer:"Dän OberMufti von Köln. Kapplan wie Kafftan. Ieh gloob
nieh, was inna BillZeitung stäht. Aba Araber koann Ieh nieh lejden.
Tierken koann Ieh oo nieh lejden."
Allgemeine Zustimmung:"Nu nu?!" "Doa hoat er Recht." "Woas
wollen bloß die ganzen Moslems hier in Daitschland. Da wird man
zum Fremden im eegenen Land."
Achim:"Hör bloß auf damit, sonst giltst du gleich als Ausländerfeind.
Merkt ihr es? Die BRD konstruiert seit Jahrzehnten geschickt den
Begriff Ausländer, so als seien diejenigen Ausländer, die sich am
Eigentum der DDR-Bevölkerung bereichern wie Wessis und
Franzosen keine Ausländer, weil sie ja, wie jeder sehen kann, keine
Araber und keine Türken sind."
Rainer unbeirrt:"Moslems, Tierken ieberfluten haide Daitschland.
Doas is nu wohl unbestreitbar. Unvagleichbar miet´däm, woas mir vor
der Wende hotten."
Achim:"Tal der Wölfe. Een Spielfilm ieber den IrakKrieg. Doa
schneiden die Amis aba nieh gutt ab."
Matze:"Die Usa zu kritisieren macht eenen offiziell zum Antisemiten."
Achim:"Arafat iss oo Semit. Alle Araber sejn Semiten. Denn Alle
Kinder Abrahams sejn Semiten. Doas heeßt: Phönizier, Babylonier,
Syrer, die Heiden in Kanaan, die Hebräer und viele andere Völker
sejn Semiten. Israel iss nischt anderes als eene USArmee mit dem
Anstrich, een Staat zu sein. Antisemitismus iss een
Ablenkungsmanöver für den Usischen Genozid in Vietnam und een
Schlagwort fier den PalästinaKrieg und den Eenfluß des Westens im
goanzen Nahen Osten. Meine Erfahrung als Kind und Jugendlicher ist
gewesen, daß Usa in Vietnam gewonnen hat. Und unsere Frankfurter
Rhein-Main-Airbase war dabei. Und was wir Deutsch-Amerikanische

Fraindschaft gefeiert hoamm! Wir Deutschen sind regelmäßig auf die Rhein-Main-Air-Base gefahren und hoamm doas Herrliche Militär bestaunt. Am besten war das SpeiseEis, 1KilogrammPackung bestes SpeiseEis viel billiger als bei uns Deutschen. Wie stolz war ich: BRD verbündet mit dem Sieger des Vietnamkriegs. Erst mit dem Abitur und Beginn Studium 1985 hab ich plötzlich entdeckt, daß Usa 1975 verloren hat; das war ne Ernüchterung über mein aufmerksames Politikbewußtsein, wie falsch die Medienberichterstattung und die Erziehung in der BRD ist, Keine ZivilCourage! Wegsehen, wenn der eigene Staat Krieg macht. Wegsehen, so tun, als hätte man es nicht gemerkt. Radikaljüdische militante Organisation verübt Terroranschläge gegen die Zivilbevölkerung; UNOLebensmittellieferungen in die Jüdischen Autonomiegebiete trotz Ende des Waffenstillstands wieder angelaufen .. Wie vertraut uns diese Vokabeln vorkommen. Jeder Mensch, der jemals in der DDR zur Schule gegangen ist, hat MINDESTENS EIN KZ gesehen. So etwas gehörte zur Schulbildung der DDR dazu. So etwas ist aber in der BRD undenkbar gewesen. Kennt ihr Ulrike Meinhof? Der und der goanzen DDR hoat ma oo den Antisemitismus angedichtet, indem ma ihre Kritik an Israel in die Ideologie der NeoNazis umgedichtet hoat. Wessis schlucken sowoas. Sowoas durf ma in WessiMedien vaöffentlichen. Ulrike Meinhof,..“
Gesamte Runde zeigt ratlose Gesichter
Achim:“Kennt ihr ock, oder?“
Matze:“Ulrike Meinhof? Keene Ahnung. Ieh gloob, doas iss ock oo so Eene von RAF, Terroristen in WestDaitschland.“
Achim:“RAF. Ulrike Meinhof Beede Kinder weggenommen.“
Ursl:“Woas?! Davon weeß Ieh nischt. Doas iss ju gemeene! Ieh weeß nur, doaß een poaar von denen bee uns gelebt hoamm. Als goanz normale Bierger.“
Matze:“Nee, doas weeß Ieh oo nieh, doaß ma ihr die Kinder weggenommen hoat. Ieh gloobe, doa wierde Ieh zum Tier werden. Noa, do hoamm ock oo so n poaar bee uns gelebt. Erfahren darieber hoat ma nischt, doas kam erst nach der Wende.“
Achim:“Woas?! Keene Ahnung ieber RAF?! Doas kann ock nieh wuhr sein! Ulrike Meinhof hoat ma als “Bestie“ in den Gehirnen oaller Wessis vaankert. Aba “Schwerter zu Pflugscharen“ wert ihr ock kennen!“
Ursl:“Das iss mir vollkommen unbekannt. Doas iss Von drieben, nu

nu?!"

Matze:"Schwerter zu woas? Schwedt kenn Ieh." grinst bitter

Achim außer sich:"Haß! Haß! Haß! Aba doas kann ock nieh wuhr sein! Gehirnwäsche. Do seht ihr, Ihr gloobt, woas in den Medien kommt."

Roswittl trocken:"Ma nimmt, woas ma kriegen koann."

Achim:"Und ihr ignoriert, was nieh in den Medien kommt!"

Holger aufgedreht:"Ach, Ieh sähe es immer gern, wenn jemand in den Medien kommt. Besonders wenn´s ne Froo iss", Holger feixt.

Roswittl:"Du, Achim, Ieh gloob, doaß Du doas oalles etwas zu vabissen siehst. Niemand von uns koann die Welt vaändern. Denkste, du bist hier der Eenzige, der sich ieber doas valogene System ufräjt ?"

Ursl besänftigend:"Und jetze Achim, sei amol scheen artig ! Jetze iss gleich 14Uhr, doa hoamm mir sowieso Feieromd."

Achim:"Die Bessere FKKFreiheit. Der normalere Umgang der Menschen miteinander. Doas Freie Kuba, Fidel Castro immer bloß in Grau als der Große Vabrecher dargestellt im BRDFarnsiehn. DDR kennen Wessis bis 89 bloß Grau in Grau. Doas Bessere Eishockey. Doaß die Sowjets Rote Trickots hoamm, hoat immer richtich schockierend gewirkt, wo doch der OstBlock angeblich Grau iss. Doas BRD-Farnsiehn hoat mich vollkommen umgepolt. Mich!, der ieber jeden RAF-Anschlag gejubelt hoat. Ieh hoab nischt mehr gemerkt. Doas merk Ieh erst jetze. Ieh hoab oalles gegloobt, doaß doas WessiSystem im Grunde doas Bessere wäre. Dabee bin Ieh der WessiKultur bloß selber ufn Leim gegangen. Ieh hoabe Aich vaachtet. Bloß mit Mitleid hoabe Ieh auf die DDR und die Sowjetunion geguckt."

Ursl und Achim in Kaffeekränzchenpause der WMGruppe alleine:

Ursl:"Du, komm loaß uns eefach inna Café gähn, doa kennen mir besser mietsamm azeeln."

Achim:"Nej, Ieh vadiene doas Gutte von dir nieh."

Ursl:"Du hoast ock gor keene Sünde volltan !"

Achim spottend:"Freie Meinungsäußerung: Die Beste PropagandaLüge."Achim muß scheißen und eilt hinaus.

Ursl:"Mach doas Klosett nieh zur Pflaume!"

Weder Olli noch Heinzpeter kommen. Die Leute verstreuen sich. Sie faulenzen am Kaffeetisch, sie flanieren vor dem Hotel, auf dem Platz der Befreiung oder sie holen sich etwas vom Imbiß oder von der

Bäckerei.
Ursl und Achim sind sich sympathisch, da funkts.
Ursl und Achim turteln im Hinterhof, Vogelzwitschern:
Ursl:"Hurch amol! Die Vögel scharmizieren", sie schmunzelt selbst über das Wort
Achim:"Scharmizieren?", schmunzelt,"Was bedeutet ´Scharmizieren ´?"
Ursl:"Doas heeßt ´Zwitschern´."
Achim horcht:"Scharmizieren. Ja, die Vögel scharmizieren. Woas fier een scheenes Wort!"
Ursl und Achim staunen und schmunzeln.
Ursl:"Ieh koann in een kleenes Kinderbuch aufschreiben, woas sich die Vögel, die Tiere so erzählen. In der Müglitz baden, unter den Steinen sind die Forellen."
Die beiden kommen wieder in den Übungsraum, und alle singen zusammen:
Ju Mir fahren in den Süden, der Sonne hinterher

Katl, die auf dem Bürgersteig ehrenamtlich herumgammelt und den WMStand aus sicherer Entfernung betrachtet, entdeckt den Sozialarbeiter als erste und brüllt:"Dotte kummt ju unser Sozioalorbejta!" Die andern kommen vom Hausinnern bzw Toreinfahrt heraus auf den Bürgersteig. Um die Ecke kommt ein verwuschelter Derwisch angewuselt, deutlich von allen anderen zu unterscheiden, mit gehetztem Blick:
Der Lehrer Olli: Entschuldigend:"Grüß Euch Leute! Ich muß mich entschuldigen."
Katl:"Biste goanz außer Puste! Räg dieh ob!"
Lehrer Olli:"Ein Mader hat das Kabel angefressen, ich konnte es selber löten, aber auf der Fahrt hoab ich ein Wildschwein angefahrn. Zum Kotzen!"
Jippi:"Jetze iss der Meester do, do kennen mir anfangen... een paar sejnn aba schon derheeme."
Katl:"Die hoamm es nimma usgehaltn. iss ju elende !" Augenblicke später im Gruppenraum. Manche gucken zur Uhr, ist gleich 14Uhr. Olli jedoch mit der Energie eines Unterstufenlehrers:"Soo. Dann stehen wir einmal alle auf .." Das Signal zum Gehorsam. Für alle?
Olli:".. und HÜPFEN, eenfach auf der Stelle HÜPFEN.."
Katl rigoros :"Da mach Ieh nieh miete."

Holger in Ekstase:"HÜPFEN ! Nu nu ?! Alle mietmachen, Doas gilt oo fier dich, Katl!" Einige der Frauen machen nicht mit.
Jippi:"KrabbelZentrum für SchwerErziehbare und GesellschaftsGestörte."

Montréal, Am Rathaus:
Zwei von der Berittenen Polizei, gepflegte Herren, ju man könnte fast meinen: kurz vor der Rente, kommen auf ihren Pferden langsam näher und treffen sich.
Beide Männer sagen gleichzeitig " PommChips",
das heißt auf Daitsch KartoffelChips, das Erkennungszeichen. Sie übergeben sich KartoffelChips, MicroChips, MicroFilme.
Der Eine nostalgisch:"Bachand haben wir liquidiert."
Der Andere:"Frankreich. Was für ein schönes Land."
Der Eine:"Das waren noch Zeiten. Da ist man wenigstens noch rumgekommen in der Welt."
Der Andere:"Hör mal Junge, wir sind ja schon lange im Geschäft. Da können wir ja offen reden." Mit Blick und weisender Hand auf MicroChips und MicroFilme "Weißt du, was da drin ist?"
Der Eine:"Keine Ahnung."
Dann übergeben sie sich und kotzen die Rabatte voll.

Algier:
Islam, Araber, Französisch überall.
Zwei Geheimagenten aus Montréal. Es sind die gleichen wie in Montréal :
Sagt der Eine:"C´est dantesque !",
und der Arabische SouvenierFritze dreht ihnen Gelumpe an. Bunter PlastikKitsch Massenfabrikation Made in Germany. Darunter ein WMMaskottchen in Form einer Fetten Schlange der Weisheit. Im BrustTon der Überzeugung endlich wirklich HochQualitatives dieser herrlichen Arabischen Kultur ergattert zu haben und etwas Typisch Algerisches mit nachhause für die Familie und vor allem die Kinder mitbringen zu können, glücklich und in fröhlichster Weise anerkennend und triumphierend, den Asozialen Arabern doch Kultur und Frieden gebracht zu haben,
Sagt der Andere:"Wir sind hier doch nicht im Mittelalter !"

Vatikan:

Papst Benedikt über einem Berg Papieren auf seinem Schreibtisch BüroKollege kommt verschwitzt mit zerzausten Haaren herein, diensteifrig beflissen:

"Eure Eminenz, hier der letzte Stapel von Al-Kuds, äh, Jerusalem, Entschuldigung", wirft einen Arm voll Papieren auf den bereits befindlichen PapierStapel.

Papst:"Ist das der Einlauf ?", nachdenklich, sich dann dem Berg ArbeitsPapieren annehmend:"Al-Kuds Jerusalem, das ist Ein und Dasselbe. Ein Wust von Papieren!" und wühlt suchend, "Gehet in die Wüste. In der Wüste werdet ihr den Dornbusch finden."

Kollege:"Der OberWaldmeister läßt ehrerbietigst fragen, wann Seine Eminenz geruhen, ihn wegen der Römischen StraßenMaut anzuhören .."

Papst:"Der StraßenFörster kann warten. Wasn das hier?" und hält eines der Papiere hoch.

Kollege zuckt die Schultern

Papst liest angestrengt:"´WasserReservoir´. Was wissen Sie darüber?"

Kollege:"Die Araber der Altstadt beanspruchen seit eh und je das Grundwasser in ihrem Boden."

Papst:"Al Kuds Jerusalem, sagt Israel. Die Annexion von OstJerusalem mit der GrabesKirche hat die UNO immer verurteilt. Al Aksa-Moschee untertunneln, das macht Israel aus dem FF . Da hatten wir noch die D-Murk!"

Kollege:"Ich werde eine ProtestNote verfassen lassen."

Papst:"Noch Eine ? Lassen Sie mich mit Ihren ProtestNoten. Die hören sich gut an, führen aber zu nichts."

Kollege:"Sicher gibt es eine Bürger-Initiative. Ich werde das eruieren."zur Zimmerdecke sinnend," Bürger-Initiative hört sich wie Demokratie an."

Papst:"Dann ist das nicht unser Bier ! Eine Anbiederung nennt das die Bevölkerung. Die Kirchen und Klöster liegen mir damit ständig in den Ohren. Aber wasn DAS hier!?", wedelt ungeduldig mit dem einen DinA4Bogen Papier.

Papst liest laut vor:"Sahara TrinkwasserReservoir war nur ein Bluff."

Büro-Kollege guckt ihm über die Schulter. BüroKollege Gesichtsausdruck NichtWissen.

Papst liest verkniffen und neugierig laut weiter vor:

"Das Sahara TrinkwasserReservoir hat sich als Flop erwiesen. Ein MedienGag, sagt der Britische PremierMinister in einer

PresseKonferenz von.." Papst guckt nochmal aufs Papier".. von GESTERN. " Vorwurfsvoll zum Kollegen:"Warum bekomme ich das erst jetzt?!", und liest weiter, "ForschungsErgebisse der Geologischen Kommission der Universität Oxford. WasserReservoir in Europa entdeckt."

Kollege:"Europa? Wo ist das?"

Papst haut ihm mit strafendem Blick auf die Finger. Papst liest weiter: "Rußland." Papst guckt mit starrem Blick ins Nichts.

Papst:"Um Gottes Willen !"

KAPITEL 2

Gerrlitz Hotel Monopol:

Für die Teilnehmer an der EhrenamtsMaßnahme für Arbeitslose Erwerbstätige in Gerrlitz ist das Hotel Monopol am Platz der Befreiung ein Stützpunkt. Für die WM soll die Gruppe Straßentheater trainieren. Ein Großteil der Zeit verbringen die Personen ehrenamtlich, indem sie auf den Trainer Olli warten, der ihnen Theater beibringen will. Hierfür haben die Teilnehmerinnen und Teilnehmer eine Küche mit Sitzgelegenheiten umfunktioniert. Frühmorgens trifft man sich hier und erarbeitet den Tag über Theater. Weil es vorkommt, daß die Teilnehmer und Teilnehmerinnen vor Olli dasind, ist eine der wichtigsten Tätigkeiten der Leute das Kaffeekränzchen, wo man ohne jede Bevormundung aussprechen kann, was man denkt. Die schweißtreibenden Trainingseinheiten sowie die Entwicklung der für die WM geplanten StraßentheaterSzenen wollen uns hier nur am Rande interessieren, vielmehr jedoch, was die Leute reden

Gerrlitz, Hotel Monopol:

Früher Morgen. Die Leute begrüßen sich wie immer mit Handschlag, Rainer:"Na Hallo erstmal!" und zu Katl:"Grieß Dich!"

Katl:"Grieß Dich! Na Kleener! Guck amal, " und hält 2 Blumentöpfe in die Höhe." Pelargonien fier unser Fenster, hoab Ieh vom Ildi," öffnet das Fenster und stellt sie aufs Fensterbrett.

Rainer:"Och, die sejnn ju scheene."

Katl:"Gestern wieder spät geworden?"

Rainer:"Manchester United lassen sich inna NainundAchtzichsten

Minute een Tor reenmachen. Oh! Zum us der Haut fahrn. Wäre es beem Eens:Eens geblieben, hätte Ieh FimfHunnat Airo gewonnen. Na, die anderen Spiele hoab Ieh alle richtich getippt. Naju, wengst HunnatFimzwanzich Airo. Doas deckt die Uslagen,.., bis nächste Woche."

Matze:"Grieß Dich Rainer! Doas iss ock zum Varicktwerden. Do spieln se die goanze Zeit wie die Könige. Und danne sowas."

Rainer:"Grieß Dich Matze."

Matze, die BillZeitung beiseitehaltend grinsend in die Runde:"D HansSchissel is jetze bee fuffzeh Millionen!"

Alle lästern über Lodo, aber einige versuchen tatsächlich ab und zu, die LodoHansSchüssel zu knacken. Die Versuchung ist einfach zu groß. Aber keiner in der Runde gibt es zu außer Matze, der, die BillZeitung weiter zum Weiterlesen in den Händen haltend, konstatiert:"Also Iche, Ieh vasuchs rägelmäßich."

Katl:"Aatla, Zeh&Aar und Ferdy, Nu nu?! Will Ieh mir schon amol wieder was Guttes koofen, Unterwäsche, BHs, Nickys, Tops, noo nieh amol Hemden!, die Fetzen nieh zum Anziehen."

Ursl:"Nu nu?! Hemden, Pullova, Hosen, Röcke. Bloß Müll von der Stange."

Roswittl:"Eene Alternative wäre: nach Polen rieber: in dottigen Boutiquen gibt's durchaus manch gutten Fetzen fier wenig Geld. Gutte Mode gibt es schon uf der Berliner, aba so taier, kann ju keen normaler Mensch koofen."

Ursl:"Nu nu?! Die Boutiquen uf Berliner Stroaße. Hoamm durchaus gutte Fetzen: n Pullova, aba ab Dreeßig Vierzig Airo. Doas ist Fakt. Schibo hott manchmal richtich gutte Mode. Aber Unterwäsche, Bhs in Gerrlitz? Goanz schwer zu finden. Haftschalen-Büstenhalter."

Alle lachen.

Katl:"Nu nu?! Du hast selber Mode genäht, hergestellt, jahrelang, 27Jahre lang, deswegen siehste doas miet´den Oogen eener Spezialistin. Du weeßt, was Qualität iss. Kann ma ju nimma miet ´ansähn. Die Kleidung von den Froon."

Ursl:"BügelBHs und HaftschalenBHs. Doas iss ne Seuche. Und Mode?"

Hannel:"Tragen ock alle. Es gibt ju nischt andorster."

Jippi:"Die müssen irgendwo in Usa RiesenLager miet´unvakäuflichem Schund hoamm, den se jetze an uns varamschen. Weil mir inna NATO sejnn."

Katl:"Meent ihr nieh oo, wie komisch der Chef, der Olli immer rumläuft."

Roswittl:"Du Katl, Ieh gloobe, der iss oo orbejtslos." Alle lachen.

Katl kann sich aber nicht beruhigen:"Du lieber Gott, wie unser Chef ussieht! Schludrig. Sieht ma sofort den Sozialorbejta. Und do soll ma große Stücke halten uf den Chef. Du, Ursl, sag amol, was sagst denn Du dazu als Bekleidungswissenschaftlerin?"

Ursl:"Schlampig iss nu mal Olli´s Stil. Aba mir gefällt es nieh."

Ursl greift zu ihrer Tasche und holt Kleidung heraus."Und die Paluccahose hoab ich fier 5 Airo von´ Fidschis." Sie gibt Hose dem Achim, der sie auf der Stelle mit seiner Hose wechselt und seine bisherige Jeans mit der WMBastelSchere in 1000Stücke zerschneidet, zusammenknüllt, draufspuckt und in den Mülleimer zu den alten Kaffeebeuteln stoppt.

Achim:"Ich mit langer MännerUnterhose mit Eingriff, DoppelFeinripp. Meen LateinLehrer Dries hott immer gesoat:"Ach, der Achim mit der SommerJeans."

Heinrich:"Paluccahose kann ma in Gerrlitz Boulevard BerlinerStroaße nieh anziehen, Mädchen und Froon gähn züchtig: Minirock iss vaboten. Dünne Blusen sejnn vaboten."

Ursl:"Paluccahose hoamm mir normal im Sommer getragen und beem SportUnterricht."

Achim:"UniformZwangsMassenKleidung iss Militär, entsprechend was ma uf allen Usischen Fernsehsendern in BRD Wohnzimmern seit dem 2003IrakÜberfall sieht. 100%BaumwolleLumpen sejnn für Mädchen und Froon Pflicht!" Zu Achims Ernüchterung trägt Jippi genau diese UsMilitärMode:

Jippi selbstbewußt und schulturzuckend:"Beim Ärich hotts die FreizeitMode schon gän. Nu, doas trägt ock jäda. Mir gefällts." Während sich Achim beginnt umzuziehen, er weiter:"Wißt ihr, was Ieh mit 7Jahren gespielt hoab? Doas iss 72,73 .. Mit Panzern Soldaten Figuren abschießen. Es gab die User, die Daitschen und noch n paar andere Sorten. User wollt ma eegentlich immer hoamm. Denn die User gewinnen ju immer, doas hoamm mir so gelernt ausm Farnsiehn. Do hoamm Ieh und meen großer Bruder uns gegenseitig die Truppen abgeschossen, und doas hott goanz dollen Spaß gemacht. Was gloobt ihr, was doas scheen iss, so eenen Panzer zusammenzukläbn und anzumalen, herrlich. Wie ächt!"

Holger Achim beim Umziehen beobachtend:"Hä? Du trägst ju n WeeberSlip.
Achim:"Ich trage seit Jahrzähnten FroonSlips."
Frauen und Männer verstummen. Absolute peinliche Stille ist eingetreten.
Bernhard:"Bist du schwul? Aber du hast doch eine Fraindin?"
Achim:"Na klar!"
Bernhard:"Na, und was sagt die?"
Achim:"Der gefällt es."
Bernhard:"Ein Schlüpper, den Ieh trage, ist ein MännerSchlüpper, also Ieh fände das doof, wenn eine Frau einen MännerSchlüpper trägt. Naja, wenn Iehs recht bedenke: Bei uns in der DDR sind Tangas für Männer große Mode gewesen."
Achim:"Auch in der BRD normal in den 80ern. Aber plötzlich ist in BRD ab 89 heiße Männerunterwäsche nicht mehr salonfähig, Anpassung an UsaStandard, dh neue Policy, dh Dämonisierung der Männertangas. Das hat dermaßen Auswirkung auf BRDFilm und Fernsehen, so daß heute diese häßliche Männerunterwäsche Standard geworden ist, grauenhaft, genauso schlimm wie in UsaFilm und Farnsiehn."
Heinrich:"Ein Schlüpper für einen Mann. Ein Schlüpper für eine Frau, Ist ock egohl, kann doch jäder machen, was er will."
Achim:"Du wirst lachen: In der BRD ist über die Jahre plötzlich salonfähig geworden, MännerSlips nicht mehr Slips zu nennen. Gelegentlich erklärt man das damit, daß nunmal Wäsche für Frauen Slips und Wäsche für Männer Unterhosen heißt."
Heinrich:"Kann doch jäder einen Schlüppi tragen, wie er will!"
Frank:"Also Iche, Ieh trag eenen Tanga fier doas Stroaßentheater. Gäht ju gor nieh anderster miet´dem Kostihm."
Jippi:"Muß ma immer zu Kraize kriechen und: muß ma sich vorm Orbejtsamt nackischmachen wie vorm Gerichtsvollzieher."
Die Frooen langweilen sich beim Polnischen Poker.
Achim nimmt eifrig Karten und mischt selber.
Roswittl:"Spielste miete?"
Achim:"Ich kann bloß MauMau." Gibt gemischten Strauß Karten ab, kann am KaffeePoker der Mädels nicht teilnehmen.
Heinrich hinter der Theke:"Wo der Olli bloß bleebt? Ob er haide ieberhaupt kommt? Scheiß der Hund drauf!"
Holger:"Man hätt jetze kennen eekoofa gähn. Oder in´ Imbiß gähn."

Roswittl:"Ieh koann nimma", und legt den Kartenstoß auf die Mitte des Tisches."Und do soll ma große Stücke halten ufn Chef!"

Jippi:"Och die Hannel sieht haide wieder mal aus! Die hott'n Gocksch so hinten hoch gesteckt. Doas meegen die Männl."

Hannel gleichgültig und geschmeichelt:"Doas mach Ieh ganz ofte. Was de Jippi bloß will?!"

Katl berichtigend:"Doas mag der Jippi!"

Ursl:"Ich bin fättich uff de Reefn. PlasteGelumpe Passanten andrehn."

Roswittl:"Du, Ursl, sag amol, hott der Chef sich amol bee dir gemeldet?"

Ursl:"Nä ! Der hott alle unsere Handynummern, aba do kann ar ock amol durchklingeln, wenn er nieh beizeiten kommt."

Hannel:"Wär ock normoahl."

Rainer:"Der Pure Anstand! Aber der spart. Telefonieren iss ju so taier."

Hannel:"Aba fier uns nieh!?"

Olga nimmt die Karten und mischt sie.

Olga:"Oalles iss Kismet." Sie legt die Karten." Do kenn ma in die Zukunft gucken." Die Leute gucken ihr über die Schulter.

Holger:"Mach amol"

Matze:"Iss bee dir noo Bier vom letzten Wochenende?"

Rainer zeigt mit dem Finger an die Stirn:"Denkste, Ieh laß was schlechtwerden." Beide lachen. Katl sich beim Entkleiden ihrer Straßenschuhe abmühend wie im Selbstgespräch nuschelnd:"Mal die Galoschen auszuziehen!" und sich verteidigend sich entschuldigend laut in Runde:"Kann Ieh amol d Schudl usziehn? Bei däm vieln Rumstähn!"

Alle lachen. Alle Leute sind ja beim Plaudern, Essen, Trinken und Kartenspielen irgendwie bequemt zum Kaffeekränzchen gefleetzt, der einzige Mensch, der steht, ist Heinrich hinter der Theke, der den Kaffee macht.

Heinrich ärgerlich vom hinterm Tresen hervorguckend:"Was ihr hier täglich wegsauft. Ieh mach ju oalles miete. Aba do mießt ihr mir Geld im Voraus gäbn. Immer muß Ieh dem Geld wegen Kaffe hinterherrennen. Doas mach Ieh nimma lange miete. Und Milch! Mir scheent, do macht eener Vollvapflägung an der Kaffekieche."

Katl zu Roswittl:"Meene Gruße, die iss drieben. Ieber die mach Ieh mir keene Sorgen, Roswittl, die sucht jetze eenen Kinderwagen. Aba

haste mal gesähn, was die in den Geschäften hoamm?!"
Ursl:"Die scheensten Kinderwagen zur DDR-Zeit, die kennen mir alle, richtich stolz kennen mir sejn: Velours!"
Katl:"Und haide die Kinderwagen, Und wie taier der Schund iss! Die kannste nach eenem Vierteljahr wegschmeeßen! Oder du vascherbelst es beem An und Verkoof."
Roswittl:"Du, Katl, Ieh denk im Moment nieh daran, Kinder zu kriegen. Do interessiert mich oo die KinderwagenMode nieh!"
Ein Wieselkopf kommt hereingeschneit, erscheint im Kaffeekränzchenraum freudestrahlend:"Grieß Aich Laide!"
Katl:"Ach, do iss ju der ZauberPeter!" Allgemeine Freude.
Heinzpeter ist der Regisseur des Straßentheaterstückes. "Kumm grade us Ballien. Wur gestern miet´eener Jugendgruppe noo in Polen unterwäjs. Mehr wie zwee Tage die Woche gäht äbn nieh.Wo isn Olli?"
Heinrich:"Der iss noo nieh do."
Heinzpeter:"Na, do watt Ieh äbn een bißl . hoabt ihr oo den Kriegsfilm gesähn ? Daitsche Uniformen immer falsch. Also, bee den Amerikanern kann ma sich druf valassen, daß sie doas nieh kennen."
Holger:"So eenen Film direkt nach der Wende hott mich zum Stutzen gebracht: Do wurden die User als Helden, und die Vietnamesische Bevölkerung als die Vabrecher dargestellt. Ieh hoab gedacht: sejnn die besoffen? Wie kann ma solche Hetze arlooben. Wie arloobt ma sich, die Geschichte ins Unrecht zu vadrähn."
Heinzpeter:"Vaharmlosen den USFeldzug. Bloß druf miet´den Bomben uf die Bevölkerung!"
Matze:"Das erinnert mich irgendwie an Dräsden."
Katl:"Aba mir hoamm ne Abfindung gekriegt. Rohwedder."
Rainer:"Nu nu?! Für Jahrzähnte hott ma een paar Tausend DMark bekommen."
Ursl:"Ich hoab ihn bloß in gutter Erinnerung: Der hott wengst dafür gesorgt, doas mir wengst eene Abfindung kriegen."
Holger:"Abwicklung´ heeßt das, Auflösung der zahlungsunfähigen Betriebe Liquidation."
Ursl:"Rohwedder hott durchgesetzt, daß die Orbejterinnen in Betrieben zumindest 1 Abfindung 3.000 bis 10.000 DM je nach Betriebszugehörigkeit kriegen."
Holger:"Fürn Appel undn Ei vakooft. Zahlungsunfähig, wenn Ieh doas schon heere!"

Achim:"Ermordet mit eener Schrotflinte. Oder? RAF, soan die BRDMedien. Für wie bleede halten die uns?"

Matze gelassen:"PräzisionsSchrotFlinte isn Sport."

Katl:"Du, Ursl, du bist ock bee den Bekleidungswerken gewäsn. Wie war bei aich die Wende?"

Ursl:"VEB BekleidungsWerke kann sich zur Wende vor Aufträgen nieh retten: Sowjets immer Riesenooffräge, Die Sowjets kennen aba plötzlich nimma bezahlen. VEB BekleidungsWerke produziert 40% für SU, 20% für NSW, doas iss NichtSozialistisches Wirtschaftsgebiet, und 40% für DDR. Kunde SU seit Wende in großen Schritten nach und nach komplett weggefallen 1991/92: SU hat immer miete WarenTausch bezahlt. Ab jetze Wende Währung, Wessi-Mark, SU kann miet´harter Währung nimma bezahlen. NähFesch/Hessen rübergekommen nach Gerrlitz für 5Jahre eegene Fabrik Fördergelder 20 Näherinnen, Danne rüber dasgleeche rüber nach Polen, doas heeßt NähFesch Aufträge rüber nach Zgorzelec, Polnische NähFabrik nähen lassen.

VEB Bekleidungswerke Görlitz hat Abnehmer aus NSW also NichtSozialistisches Ausland: Wir produzieren für Oddo, Nekamann. Ab der Wende produzieren wir für NähFesch/Hessen und Flachmann/Balliehn

Unsere Produktion für NähFesch bedeutet:

Meene Lehrlinge hoamm als HauptTätigkeit während ihrer Ausbildung für NähFesch produziert. Den 1 Tag, den sie danne inna BerufsSchule sejnn, hoab Iche als Die Ausbilderin miet´der Chefin die Produktion selber gemacht. Die Chefin hat schnell aba vollkommen husch husch schlampig georbejtet und hat Mich angemotzt, doch schneller zu arbeeten, Do bin Ieh richtich usgeflippt und hoab sie angebrüllt. Der Betrieb hätte kennen weetergeführt werden. Vor Wende heeßt der Betrieb VEB BekleidungsWerke Görlitz. Nach Wende als:"Bekleidungs GmbH Görlitz". Und haide iss es sogor noo schlimmer. Der Daitschen Wirtschaft gäht es gutt, je mehr sie Froon und Männer entläßt und soviel wie möglich die Produktion ins Ausland valegt. "

Heinzpeter:"Nu, nu?! Doas iss doas Gemeene! Die Unternehmen machen RiesenGewinne, und dennoch entlassen sie große Teile ihrer Belegschaft."

Matze Billzeitung:"Hoamm se schon wieder eene Menge Zivilisten in die Luft gesprngt. oo zwee UsaSoldaten, Amerikaner."

Achim:"Woas? Ach Matze. Doas iss wie mit den Bethlehem Snipers: Nennen die Palästinenser, die sich in die Geburtskirche retten, Terroristen, schießen sie ab wie die Hasen, und gleechzeitig "Sniper"Mörder in Florida in unseren Daitschen FernsehNachrichten. Mit dem FresseVerdikt 04 iss Journalisten vaboten, gegen Usa klingende Berichte zu machen. Das heeßt : Sogor diese zwee Soldaten sejnn erdichtet. Verleichte sejnn es in Wohrheet 20? Doas krien mir nieh zu läsn."

Matze:"Aba scheene Bilder sins: Guckt amal ! Afghanistan ! Do lieb Ieh mir unsere Heemte. Sowas gibt es hier nieh !"

Heinrich:"Menschen vaschleppt, entfiehrt, vaschollen. Mallorca, Mazedonien, Polen, do hoamm se alle mietegemacht. Nu Danuta. Doas muß Ieh lejder soan. Polen iss oo dabee."

Danuta:"Ich interressiere mich keen bißl fier Politik!"

Achim:"Irland und Irak. Ramstein, Bitburg, RheinMainAirBase. Die BRD hat genauso Dreck am Stecken. Ach !"

Roswittl:"Und der Olli immer miet´semm Jakob Beehme! Is wie Einstein. Alle kennen ihn und senne Quantentheorie, wissen aber nieh, was es iss."

Heinrich hinter der Theke:"Wie doas hier wieder ussieht! Een Saustall."

Ursl blickt angewidert hinter die Theke:"Hier siehts aus wie nach der Schlacht von Soho !"

Achim zu Ursl feixend:"Na Du " und tritt ihr leicht auf die Zehen.

Ursl:"Na Du " und tritt ihm leicht auf die Zehen.

Heinrich:"Jetze aba mal genug miet´Flirten und Kumpeline. Wie doas hier wieder ussieht. Ma könnte meenen, nee, Ieh soag es lieber nieh, een Dreckstall. Aba miet´mir kann ma es ju machen."

Holger:"Rauferei gäb doas wegen dem Kaffekochen, nee, die sejnn alle bleede hier, mich eingeschlossen."

Katl:"Wie stellt sich Olli doas vor miet´der FussballTheaterSuperGala?"

Ursl:"Und mir als Hauptattraktion."

Roswittl:"Ieh weeß werklich nieh, wie mir doas schaffen sollen."

Holger:"Olli iss n Troomtänzer. Aba er bringt uns Theater bee."

Frank:"Du, Ieh mach mir do gor keene Illusionen miet´Olli."

Matze mit BillZeitung:"Liberal kann viel bedeuten."

Achim:"Marx hott uns schon gezeigt, daß die Inder ihre Omas vakoofen."

Heinzpeter:"Die Inder ihre Omas vakoofen!" lacht ergiebig.

Matze BillZeitung:"Hier wieder was von Terroristen in Afghanistan", zeigt die Zeitung mit den Fotos herum.

Achim:"Das kommt uf den Standpunkt an. NS-RassenIdeologie innerhalb WestDaitscher BRD-Familienmitglieder untereinander faßt sich oo in dem Term "Liberal"."

Matze:"Liberal kann viel bedeuten."

Achim:"Liber = Frei, Lateinisch Adjektiv. Wer will nieh frei sein? Wer iss nieh fier den Frieden? Mit Termen wie "Freiheit","Liberal", NeoLiberal", Demokratie" etc spuckt uns die Liege ins Gesicht. Dafier hält sich die NATO die FreieFresse, eene Erfindung. Die Terroristen mit der Resistance sejnn bei Napoléon die Preußen, Russen, Österreicher, GroßBritannien. Bayern springt 2-3 Tage VOR Völkerschlacht ins Lager der Resistance Sachsen springt WÄHREND der Völkerschlacht am 18.10.1813 ins Lager der Resistance ; Vagleicht die Sachsen Französische Front 1.Weltkrieg, und Vagleicht die Sachsen, wie sie die Freikorps, die nach Schlesien gingen, behindert hoamm."

Matze abfällig:"Sachsen!"

Achim:"Und äh ..", findet den Gedanken nicht wieder.

Heinrich lacht:"Herr Professor doziert. Hott vagessen, was er soan wollte."

Achim grinsend:"Roten Faden valieren iss eene PsychoKrankheet. Terroristen sejnn fier die Daitschen im 2.Weltkrieg der Widerstand gegen die Besatzung. Terroristen sejnn fier die User in Afghanistan jede Resistance, je nach Guttdünken. Die Resistance der BerberKabylen 1945 in Algerien. Frankreech hott mit der Algerischen Resistance 1945 mit Beifall der User kurzen Prozeß gemacht."

Holger:"Algerien? Do hoamm mir ock gutte DaitschAlgerische Beziehungen gehoabt!"

Matze wieder mit BillZeitung:"Schon wieder een BabyMord. Die Mutter bringt ihre eegenen Kinder um."

Heinzpeter:"Und die Bundeswehr sucht Froon fier die Armee. Werben sogar im OrbeetsAmt dafier."

Achim:"Wessis wundern sich ieber Pädophile? Woarum eegentlich. Die schucklige Darstellung von Kindern und jungen Mädchen im Alter von 13 sejnn oof WessiMist gewachsen. Und wenn Ieh an die

Morde an Babys heutzutage denke, und doas dumme Plakat fier St.Petersburg Kunst inna Stadthalle, danne kann Ieh eegentlich bloß noo den Kopf schütteln. Aba verleichte soll ma ju abstumpfen."

Frank:"Du, die Kunst, das VideoKunstFestival von St.Petersburg hott keensten Bezug zu pädophiler Darstellung von kleenen Kindern, Achim, Du bist bekloppt!"

Achim:"Ich sach ju nieh, daß St.Petersburg bekloppt iss, sondern daß doas Marketing fier die Kunst in Gerrlitz bekloppt iss."

Bernhard:"Der Kunstleiter Salono kann do nischte dafier. Und fier die BabyMorde schon gor nieh. Woarum kriegen die Laide Kinder, wenn sie die nieh wollen?"

Ursl:"Schwangerschaftsunterbrechung: Wenn die Laide eben in ner Notsituation sind, passiert eben sowas."

Matze:"Die BabyMorde inna vom Sozialismus befreiten OstBRD sejn peenlich fier die BRD. Angeblich reechstes Land der EU."

Achim:"Die BabyMorde geben der ZTUsozialen Murxwirtschaft eenen moralischen Grund, die Wende rückgängig zu machen oder für die Laien, zurückzutreten."

Heinzpeter:"Die Kunst iss, abzulenken. Die Vaantwortung der Evangelischen Kirche. Keener spricht davon. Die Vaantwortung der Katholischen Kirche. Keener spricht davon. Aba UNGEBORENES LEBEN iss heilig. GEBORENES LEBEN iss NICHT HEILIG, soll doas wohl heeßen."

Katl:"Früher hotten mir den Tag der Frau. Do hoamm mir gefeiert."

Ursl:"8.März: Du, doas war scheene! Die Kinder im Kindergarten basteln was für uns Mütter zum Internationalen Frauentag."

Katl:"Nu nu?! Do wurden mir für Alles geehrt, was mir leisten. Doas war der scheenste Tag des Jahres!"

Ursl:"Früher wurden die Frauen für ihre Arbeit im Beruf UND inna Familie geehrt."

Katl:"Nu nu?! Für Alles, was mir leisten. Haide werden mir uf ´Hoosfroo´ räduziert."

Bernhard:"Schwangerschaftsunterbrechung hoamm uns die Wessis Vorträge gehalten, wie schlimm doas iss. Und jetze töten Mütter ihre Babys. Iss doas een Fortschritt! Also, doas muß eenem ock mal gesoat werden!"

Roswittl:"Also Ieh verstäh ne Frau, wenn sie zur Geburt gezwungen wird."

Ursl:"Am besten ma bringt es im Schwangerschaftsabbruch gleich um, anstatt doas Kind een Läbn lang zu hassen!"

Margret holt Fotos aus ihrem Rucksack:"Du, Ieh zeig aich mal Fotos von Embryos, goanz kleene, und do ist schon alles dran, een richticher Mensch. Wenn ma so eenen Embryo tötet, danne tötet ma eenen richtichen Menschen."

Margret zeigt die Fotos reihum.

Ursl:"Ooch, wie niedlich!"

Katl:"Darum gähts ju gor nieh. Die Asozialen kriegen Kinder wägen der Karnickelstallprämie."

ALLE LACHEN

Ursl:"Laide, die eegentlich gor nieh fähig sejnn, een Kind großzuziehen, Diese Laide, die schaffen sich Kinder an und sejnn sich ihrer Vaantwortung nieh bewußt."

Holger:"Und die, die vaninftiche Bildung hoamm, oo doas Geld fier Kinder hätten, hoamm diesen Anreiz sowieso nieh neetich und kriegen realerweise keene Kinder, so kaputt iss der Staat!"

Heinzpeter:"Karnickelstallprämie. Doas iss gutt! Nu nu?!, die Laien. Ieh muß danne los. Soagt ihr bitte dem Olli, daß Ieh hier war."

11.45Uhr: Olli ist noch nicht da. Langeweile beim Kaffeekränzchen Achim nuschelt verliebt zu Ursl:"... rein körperlich."

Ursl:"Was meenste bloß damiete? 3 Haselnüsse für Aschenbrödel."

Die beiden lachen herzhaft.

Holger:"De Bello Gallico, kennen alle. Polinnen schwatz orbeeta lassen. Tradition. Nu nu?!, die Bayern in Gerrlitz."

Katl:"Das iss die Daitsch-Polnische Vasöhnung. Die wollen die Polen reif machen fier die EU."

Heinrich:"Die wollen ju jetze die Synagoge renovieren. Den 9.November, den Tag der Wende, werden sie fier die Juden reservieren. Ihr werdet es sähn. Scheiß der Hund drauf. Mir werden den Wochenkurier und den Niederschlässchen Kurier läsen und uns fragen: In was fier eenem Land läbn mir ieberhaupt?"

Olga:"Och, doas weeß Ieh schon lange. Zehhufer Gesundheitsreform. Doas Schwein."

Ursl:"Kinderkrippe in Nord iss haide ABM. Frieher war doas eene gepflägte Gartenanlage. Und seit es ABM iss, vaschandeln die die Grienanlage. Die graben langsam den goanzen Garten um, und danne vasuchen sie, den Anfangszustand wiederherzustellen, danne graben sie nochmal um, und vaschieben eenen Erdhaufen hin und her, do hoamm se zu tun.Wenn ma sich doas anguckt. Doas iss wie

Psychoklapse. RentnerTreff, die hoamm sogor ne Werkstatt, do iss es laut wie Betrieb, und doas iss angeblich Wohngebiet. Bäume der Allgemeenheit fällen sie sinnlos. Frieher hott ma doas Umweltschutzamt gehoabt, die sowas vahindert hoamm. Und haide? Umwelt vasauen und Öffentlichkeit schädigen: daß doas Aamt so eenen Unsinn duldet. RotesKreuz leitet sicher den Rentnertreff, und der AbmFatzke, die alle vadienen daran, und doas Aamt zahlt. Der Staat bezahlt sowas. Doas kann nieh wuhr sein, .."

Roswittl:"Personen angepriesen in Kontakt Inseraten Liebe Partnerschaft, die gibt es gor nieh, soat ServiceFirmenChefin selber Wochenkurier und Niederschlesischer Kurier jedoch machen Riesengeschäft miet´150 Anbietern, die ihre Angebote schalten."

Katl:"Private Kontaktinserate? Akentur Lujie? Doas iss ock bloß Abzocke."

Rainer:"Und die Entsorgungspille. Ieh weeß gor nieh, wie doas gegen Sorgen helfen soll. Die Zensur soat eefach, GelbWeiß iss vaboten in Gerrlitz, deswegen gibts noo nieh mal in unserem Käseblatt Fußballergebnisse von GelbWeiß."

Achim:"Im Westen berichtet jedes Dorf ieber seine SportVaeine. Zensur, ähnlich wie Palästinensertuch. Vafremdung Laide. Ohne daß mas merkt.

Hessische Mundart ist in Frankfurt/Main eene Institution. MundartTheater nennt ma das. Hessischer Dialekt in Fernsehen und Theater seit 1945. Der Görlitzer Dialekt ist een Dialekt wie keen anderer, der den Schlesischen Dialekt repräsentiert. Die Sprachwissenschaft handelt den Görlitzer Dialekt heute als „Ausgestorbene Sprache" und, alle eenmal herhören, als „OstLausitzisch", somit stemmt ma sowohl den Dialekt der Schlesischen Bevölkerung vor Flucht und Vertreibung aus Schlesien östlich der Lausitzer Neiße zum Beispiel eine der berühmten Städte des SechsStädteBundes Lauban als auch den Schlesischen Dialekt der hiesigen Bevölkerung in die Versenkung. Bis heute gibt es keen MundartTheater in der Schlesischen Metropole Görlitz. Es scheint, als ob es den Daitschen Politikern mittels ihrer eegenen ignoranten Sprachwissenschaft daran liegt, auch den allerletzten Rest des Schlesischen Dialektes zu beseitigen. Es gibt een Gerrlitzer Theaterstück der Orbeetslosen, mir hoamm es alle gesähn, in dem alle Medien nieh bloß in Sachsen sondern Bundesweit ieber alle Szenen mit Film und Fotos massenhaft berichtet hoamm, außer die Szene mit dem

Alkoholiker im Schlesierhemd. Krampfhaft vasucht die Zensur, doas Theaterstück darzustellen, als repräsentiere es een allgemeenes Übel, doas so ungefähr überall inna BRD existiert. Aba ma leugnet die Gerrlitzer Bevölkerung. Zensur. Doas iss beem Fußball nieh anderster."

Mario:"Kommt mir fast oo so vor miet´der Zensur. Miroslaw Klose iss OberSchlesier: Senn Vater iss Daitscher OberSchlesier, senne Mutter iss Polin. Die hoamm sich dazu entschieden, daß sie Daitsche sejn. Und jetze tun die Medien so, als wäre Klose een Pole, bloß damiet´se doas Wort Schlesier nieh soan miessen. Und wenn Ieh daran denke: Ballack, Jeremies, die sejn Schlesier! Schlesische Fußballer."

Rainer:"Balack iss bloß hier in Gerrlitz geboren. Gespielt hott er bee Karl-Marx-Stadt. Jeremies, nu nu?!, der iss hier in Gerrlitz geboren, und der hott bee Turbine Görlitz gespielt."

Heinrich:"Genauso wirds jetze miet´uns sejn. WM-Projekt? Mir werden nischt davon hoamm. Ooßer Späsen nischt jewäsn."

Katl:"Nu wo isn der Olli?"

Roswittl:"Ma wär jetze ma woas eekoofa gegang, wie wärs?"

Heinrich:"Den Olli kann ma oo nieh fier oalles vaantwortlich machen. Olli kann oo nieh immer do sejn. Das Theaterstück. Und Musik, do tun dir die Glocken weh!"

Mario:" Is hier äbn nieh Lonely Hartz Club Karl-Marx-Stadt/Chemnitz, DAS ist Theater. Aber wir? Und der Paoli hott sich jetze blamiert, weil er Gade Vinslo ins Hotel Buchmacher zum Mittagessen eengeladen hott, aba die goanze Filmcrew und Gade Vinslo soat: Nö, wolln wa nieh, gesamte Gesellschaft abgeblasen. Wejen Hollywood Gerrlitz Demi oalles abgeschirmt gewäsn, und keene Gerrlitzer Bevölkerung kann teilnehmen. FilmCrews Alle kurz eengeflogen von Berlin."

Matze:"Berlin. Wenn Ieh doas schon heere! Die solln ock derheemebleeben, die Preußen!"

Mario:"UrlooberBusse von der Ostsee. Hoabt ihrs gesähn? Ufm Busboahnhof. Die Fischköppe sollen ock derheemebleeben und weeter Fische angeln. Was wollen die hier in Gerrlitz?"

Rainer:"Nu nu?!, wuhrscheenlich deswägen. Damiet´se amol n bißl Kultur lernen. Die hoamm ja nischte do oben."

Holger lacht:"Die Fischköppe. Fisch iss aba scheen glitschig!" lacht, die Frauen protestieren.

Roswittl:"Doaß mir Froon nirgends im Farnsiehn nackte erotische

Penisse in Aktion sähn kennen. BRD hott ihre Erwachsenen zu Kindern gemacht."

Katl:"Doas iss ju beem Erich besser gewäsn. haide iss es wie im Mittelalter."

Achim:"Radmeritz. Kennt doas jemand?"

Bernhard:"Do koann ma bee Hagenwerder rieberfahren preiswert tanken."

Achim:"Radmeritz iss een herrrliches Schloß."

Katl:"Woas? Keene Ahnung Niemoahls geherrt."

Frank:"Stadtrand von Gerrlitz. Spricht keener drieber."

Jippi:"Geherrt ju den Polen."

Achim:"Elisabeth von SachsenThüringen dem Sohn Kaiserkrone angeboten, Vater abgelehnt aba. Doas Farnsiehn hott die Elisabeth als bleede Emanze dargestellt. iss jetze in. Daitsche Herrscherinnen von Ossiland des Mittelalters als dumm darzustellen."

Olga:"Es gibt bloß Schund im Farnsiehn."

Achim:"Jetze hoamm mir die Kriegskanzlerin. Die ÄtzBeehTee, hätten sie bloß n bißl mehr Werbung gemacht. In Gerrlitz keene ÄtzBeehTee-Werbung. Scheeße. Die wollten valiern."

Jippi:"Gerhard Schröder, dieser YuppieArsch! Bloß fier die Wirtschaft, fier die großen Bonzen! Und sowas nennt sich ÄtzBeehTee!"

Sepp kommt herein gepoltert:"Draußen schreibt dieser Schwarze Idiot Falschparker uf. Hott jemand von aich..?"

Alle rennen raus

Jippi:"Oh guckt amal die PoliTunte."

Roswittl:"Bee den hübschen Polinnen bee ihrem Miederwarengeschäft macht er ne Ausnahme. Aba bee uns!"

Sepp:"Die StasiSchlampe!"

Jippi:"Die PoliTunte, dieses KommunistenSchwein."

Achim:"Neulich iss een Assi bewußtlos zusammgebrochen bei ihm ufm Biergersteig, do war er es, der sofort n Rettungswagen geholt hott."

Reihum vergewissern sich die Personen, daß keine ihr Auto in der Nähe geparkt hat. Und Sepp vaschwindet wieder. Alle wieder rein.

Alle wieder ins Hotel Monopol, Kaffeekränzchen:

Heinrich:"Die richtichen KommunistenSäue, die haste im Orbeetsamt gekriegt. 1990. Die hoamm alle gutte Posten im Orbeetsamt gekriegt."

Katl:"Mensch! Der Chef iss nieh da, komm, gäh´mer schwoofen."

Jippi:"Sauerkraut Rotkohl. Was Urntliches futtern."

Bernhard:"Nee, was trinken. Bier. Eenen kleenen Schnaps. Wo hottn jetze irgendwas offen? Hier in Gerrlitz Daitsche Seite sicherlich nischt."

Heinrich:"Frieher hotten mer glei a paar Kneipen, die n goanzen Tag geöffnet. Zum "Budva" kennten mir. Na, is ju nimmer, jetze Bakkschop."

Holger:"Ieh halt doas nimmer aus. Ieh hol mir n Frühlingssaft, gäh ins Bistróo ", und vaschwindet ohne Diskussion.

Achim rückt Ursl uf die Pelle, doas hott sie gern.

Ursl:"Der gäht ju ran wie Blücher an der Kotzbach !"

Achim:"Mir könnten zu mir. Was meenste?"

Ursl:"Du bist ju scharf wie WestSenf!"

Heinrich:"Doas iss jetze die Sturm- und DrangZeit."

Ursl:"Wenn Olli nieh do iss, danne kann ma oo n bisl rumstreuseln inna Stadt."

Roswittl:"Hier wirste bleede."

Alle Leute raus ausm Hotel

TommyMichel erstrahlt in WM-Beflaggung.

Einige vatreten sich die Füße Richtung Demianiplatz, Wilhelmsplatz, Berliner Straße. Viele der Leute flanieren wegen Imbiß auf Berliner Straße. Achim flaniert um so mehr, weil er kein Geld für Imbiß hat, während die anderen in Imbiße vaschwinden. BerlinerStraße.

Aziz vor Amtsgericht grimmig Papiere in seinen Aktenkoffer steckend.

Achim:"Grieß Sie. Wie gehts? Sie sähn ja nieh gerade fröhlich aus."

Aziz:"Ich bin Iraner. Ieh koch vor Haß uf die Gerichte der BRD, die mir meen Kind weggenommen hoamm. Aba Ieh kämpf. Meene Polnische ExEhefroo miet´ihrem neuen Geliebten, eenem Polen, den sie geheiratet hott. Die hoamm jetze meen Kind. Meene Exfroo hott die Daitsche Staatsbiergerschaft bekommen, weil Ieh Daitscher bin. Und jetze kriegt der Neue Fraind und Ehemoann meener Exfroo wegen ihr ebenfalls die BRD Staatsbiergerschaft."

Achim:"Doas iss ju schlimm. Ieh hoabe oo Ärger mit Gerichten. Aba Ihr Ärger iss ju viel schlimmer."

Aziz:"Mir broochen nieh umn heeßen Brei herumreden. Wenn Sie wollen, kennen mir uns dutzen."

Achim:"Gern. Also Ieh heiß Achim. Und wie heißen Sie? Äh Du?"

Aziz:"Ich heiße Aziz. Du heißt also Achim."

Achim:"Aziz. Weeste, was dein Name bedeutet?"

Aziz:"Aziz heißt "lieb" uf Daitsch, iss Iranisch."

Achim:"Lieb. Was fier een scheener Name."

Aziz lacht grimmig.

Achim:"Mein Name iss Achim, een sehr vabreiteter Daitscher Name. Fier uns Daitsche iss doas der Vater von Maria, der Mutter von Jesus Christus. So wie manche ihre Tochter nach der Heiligen Franziska benennen."

Aziz:"Achim? Der Name iss inna arabischen Welt vabreitet. Doas Amtsgericht Gerrlitz hott meen Kind meener Polnischen Exfroo zugesprochen und ihrem Polnischen Ehemoann. Doas Kind soll Pole werden. Und Ieh soll meen Kind valieren."

Achim:"Woarum macht deine ExFroo das?"

Aziz:"Wegen Geld. Was gloobste denn? Fier meen Kind bin Ieh miete Widerspruch wegen Befangenheit des Richters, des Staatsanwalts und der Schöffen, doas sejnn alle Katholiken, in 3. Instanz ans Sächsische Landesgericht, die hoamm gesoat, sie seien nieh zuständig, aber doas Amtsgericht Gerrlitz soll noo amol und zwar miet´eenem anderen Richter, anderem Staatsanwalt und anderen Schöffen entscheiden. Also wurde der goanze Prozeß wiederholt. Aba Amtsgericht Gerrlitz hott genau den gleichen Richter, dengleichen Staatsanwalt und die gleichen Schöffen wieder den Prozeß machen lassen. Und doas LandesgerichtSachsen soat druf hinne, daß sie nieh zuständig sejnn. Ieh mache Widerspruch und gäh bis zum Bundesgerichtshof."

Achim:"Du redest wie een Rechtsanwalt, ma merkt dir die vielen Gerichtsprozesse an."

Aziz:"Mittlerweile hoab Ieh eene Elefantenhaut gekriegt und Ieh wundere mich, wie ruhig und gelassen Ieh jetze rede, obwohl jeder Mensch in meener Lage vazweifelt wäre."

Achim:"Der Wietende Aziz."

Aziz:"Amtsgericht Gerrlitz iss fier mich doas tägliche Kriegsfeld. Die Parteinahme der Gerichte in Gerrlitz fier meene Polnische Katholische Exfroo und ihren Polnischen Katholischen Ehemoann vawundern um so mehr, als in Gerrlitz die Kirche keenerlei Bedeutung hoamm dierfte, insofern bloß 7,5% der Bevölkerung Katholisch, 12,5% Evangelisch und 80% Religionslos sejnn. An Gerrlitzer Gerichten herrscht die Katholische Mafia !"

Achim:"Unfaßbar!" und lacht sich kaputt.

Aziz:"Mir iss nieh zum Lachen."

Hotel Monopol: Alle kommen wieder zusammen. Alle ? Nein. Margret fehlt:

Heinrich:"Hospitalstraße: Bekloppter Hund ! , fährt miet´100 km/h durch die Ortschaft, ..und Parkvabotsschilder noo und nöcher.“
Mario:"Schikane, damietese ihr Parkhoos vollkriegen. Ies ock werklich ne Schande, wie die Gerrlitzer Autofahrer mietem Parkvabot vaarscht werden, damiet´se ihr Parkhoos vollkriegen. StroaßenbauUmleitungswahn gegen Bevölkerung, gegen Urloober, Ai Laide, I hoabne Idee fiern Sketch!“
Holger kommt kauend mit dickem Papierbeutel vom Imbiß und ißt weiter.
Katl:"Hm lecker, was hastn du do?"
Holger dokumentiert, was er ißt:"Liebesknochen, nennt sich oo Eclair." Viele gucken hungrig lüstern auf Holgers Gebäck.
Holger brüllt und jodelt:"Liebesknochen!" und gibt an die Nächsten welche ab.
Matze kommt, soat in die Runde strahlend:"Eenmol iss es viel Pusche, und manchmal sitzte derheeme und schaukelst dir die Nüsse. Orbejt, kleene aba oho! Und wie weet seit ihr?" Alle lachen und freuen sich, daß Kumpel Matze wieder bei ihnen ist.
Heinrich:"Also Iche, jetze, es gäht um die Wursch. Doas Folgende Projekt iss Folgendes: Ehrenamt. Die EhrenamtsGala miet´Helmut Kohle, Dita Booln, und eener von der ÄtzBeehTee iss oo sicher dabei. Die werden wahrscheenlich Rudolf Charming schicken. Mir, jetze, also Mir sollen bloß benutzt werden. Mir solln herhalten fier die kleenen Doofis, die der Regierung aus dem MafiaSumpf der Privaten OrbeetsVamittler helfen. Mafia, iss meene Meenung. Erst machen se uns oarm, und danne solln mir die Wiehste miet´eenem KulturEvent fruchtbar machen. Weeße Weste und so. Und mir solln denen den Karren ausm Sumpf fahren. Nej, doas sejnn Vabrecher.Wenn ihr mich fragt, jetze, also is bloß meene Meenung. Wie hott der Kaspar sich doas vorgestellt?"
Jippi:"Nu nu?!, sich total nackisch machen vor Orbeetsamt und Gerichtsvollzieher. Ma wird grundsätzlich erstmal wien Vabrecher eengestuft. Und die die do oben, die Damen und Herren..“
Achim:"Bürohengste und Bürostuten.“
Jippi:"Und am Ende des Geldes noch so viel Monat.“
Heinrich:".. alldieweel sich die Reechen ihre vollen Taschen noch

voller stopfen müssen."

Hannel:"Orbeet im Usland wird nieh angerechnet, doas heeßt wenn Ieh wieder nach Daitschland komm, danne krieg Ieh nieh mehr als HIV."

Heinrich:"Doas iss ju beem SchickelHuber besser gewäsn."

Jippi:"Der Fiehrer hott wengst Autoboahnen gebaut."

Achim:"Autoboahnen hott sich die ÄtzBeehTee usgedacht. Der Plan fier den AutoboahnBau im Falle eenes Wahlsieges 1933 lag bee der ÄtzBeehTee fettisch inna Schublade."

Hannel:"Meen Männl und Iche, Mir kennen im Usland noch so viel arbeeten. Wenn mer wieder zeruckkomm, gelten mer als Assis."

Katl:"Kann nieh sein!"

Hannel:"Weeß mar ock !"

Ursl:"Ieh krieg ne Meise!"

Matze wie Fels in der Brandung:"Und danne kierzen die eem oalles meegliche. Mir hoamm Zwee Kinder, die Große iss Achte, der Kleene iss Dreeje. Meene, die hott Halbtagsjob Schichtorbejt in Supermurkt. Jetze kriegt dien 1AiroJob angebot, Muss sie annehmen. Do kann sie ihren Supermurkt vagessen. Und do soll ma keenen Haß entwickeln fier die Wirtschaft. Wirtschaft und Orbejtsamt doas gäht Hand in Hand."

Katl:"Mir ock egoahl ! Mir ham 3 Kinder alle Groß. Weil meen Jiengster ne Lehrstelle hott, krieg Ieh pletzlich 300 Airo weniger."

Heinrich:"Ies ju goanz was Naies, daß die arbeetende Bevölkerung bestraft wird."

Rainer:"Frieher wurde die arbeitende Bevölkerung auch bestraft, aber da hat man ja wenigstens was gekriegt fier doas Geld!" wütend," Aber der Airo haide? Was ist denn doas?!"

Heinrich Tassen und Gläser abwaschend und abtrocknend von hinter der Theke prustet heraus:"D-Mark Airo ! Eens zu Eens Umtoosch hoamm se gesagt!"Alle brechen in Lachen heraus und gröhlen "Eens zu Eens Umtoosch !" im Chor immer wieder.

Jippi:"Beem Erich war doas goanz anderster: Do hoamse alle georbeetet. Bloß Ieh nieh!"

Bernhard:"Und die Polen. Die Polen sejnn fool."

Schweigen

Bernhard:"Nu, die Froon nieh. Aber die Männer? Von den Daitschen Autos stählen. Das kennen se. Die Polen sejnn falsch."

Schweigen

Bernhard:"Und die Froon sejnn alle so dinne, die hoamm nischt zu fressen. .. Na, die Daitschen Froon machens noo. Doas iss ja jetze große Mode. Also Ieh kann so dinne Froon nieh lejden. Aba die Polnischen Männer sind faul."

Schweigen

Bernhard:"Nu, bei´n Sowjets, wozu solln die do oo orbejtn?"

Jippi:"Görlitz Bahnhof und Schlauroth Rangierbahnhof, wenn die voll, dann staute sich alles in Horka. Die Polen hoamm sich miet´den Daitschen abgewechselt. Wegliniec Horka, imma fier 5 Jahre abwechselnd der Güterrangierbahnhof. Und die Polen heute? Die Polen sind fleißig. Die rennen unserem Deutschen Arbeitsamt die Bude ein."

Roswittl:"Erich Honecker, der konnte gutt kissen."

Holger:"Das Niveau is zwar beschissen, aba ät jäht."

Katl:"Die Ollen bekommen immer weniger Rente, seet 8 Jahren keene Erhöhung, und doas bee der Inflation. Die Reechen im Reechstag, die erhöhen sich ihre Gehälter wie inna Diktatur nach Guttdünken."

Achim:"Reechstag. Hoab Ieh mal georbejtet. Den Herrschaften ihre Stühle angeschroobt. Bauorbejter 1998. Vorher hott die Regierung im Reechstag Polen schwarz orbejten lassen, kleener Skandal, und Ieh Bild Künstler direkt unter den Ärschen der Abgeordneten."

Heinrich:"Und die Nerkel miet´dem Dalai Lama!"

Achim:"80.000 in Tibet. Hott jemand die Eskimos gefragt, ob se zur Nato geheern wollen?!"

Heinrich:"Vollkommen die Realität valoren. N Milliarde Chinesen und im Himalaya Heimatklüngelei. Doas iss wie, wenn der Bush jetze den Indianern ihre Heemte feiert. Die Indianer hott oo keener nach der Nato gefragt."

Frauen beem Kartenspielen:

Katl:"Du, Rosswittl, Ieh gloob, du schummelst."

Roswittl:"Räd mir ock keen Kind in´Booch!, und im übrigen, d´Heinrich isne Labertasche."

Heinrich:"Haste ´n Harry oder woas ?! Du, Roswittl, Ieh hoo dieh glei. Do heert der Spaß uff! Fakten vadrähn uns de Mädien. Und Ieh soll ne Plappertasche sein. Nej!"

Katl:"Du, d´Tim und Struppi, die sejnn ock oo amol in Tibet gewäsn."

Achim:"Die Heilige in Sibirien, die hott ock ihre Erleuchtung oo in Tibet gehoabt."

Melanie kommt, vollkommen vaspätet und aufgeregt:"Tachschen! Ieh hoab a Vorstellungsgespräch gehoabt. Heert sich ju gutt an: 7,50 Airo/die Stunde, 6Tage/ die Woche Schichtorbejt, zwischen Cottbus und Zittau hin und herfahren. Morgens Dreiviertel Fimwe in Cottbus anfangen. Do muß Ieh erschtemoal hinnekommen. Do mießt Ieh um Viere miet´dem Zug, aba den wollnse mir noo nieh amol bezoahln. Ma kommt uf Een´ Freien Tag die Woche.."
Jippi wendet stolz und belehrend ein:"..Wie der Herrgott es schon vorgesähn hott!"
Melanie:"Do hoab Ieh dänen gesoat, Een Tag/ die Woche, wenn ma Montagfrieh um Eense Dienstschluß hott, und Dienstagfrieh um Viere wieder zur Orbejt, danne reecht der Eene Tag gerade moal zum Schloofen!"
Jippi empört zu Melanie:"Ju wo bleebt denn Ihre Leestung ?"
Alle lachen.
Jippi:"N Fummelar kannste glei amal usfielln. Den HIV-Antrag."
Heinrich:"Ploodern wie usm NähKästl. Politiker mießten mal Farbe bekennen, ob se fier die Bevölkerung oder die Wirtschaftsvabrecher sejnn."
Ursl:"Pittiplatsch und Tatterrinchen, Frau Elster hott den Fuchs immer bisl provoziert, hoamm sich immer so bekriegt. Von der Laien fiehrt Bruchstückhaft doas een, was es umfassend komplett in DDR bis 89 schon längst gegän hott und vakooft es als "ZTU"-Politik."
Heinrich:"Frieher wurde ma fier gutte Orbeet im Betrieb geehrt. DDR-Orden, fast immer miet´Geld, miet´Prämie vabunden, kollektiv!"
Matze:"Prämie: Kollektiv der Sozialistischen Orbeet."
Ursl:"In der Schule hotts bee besonderem Lob fier gutte Leistungen Urkunde miet´Zeugnis gän. haide bildet ma die Kinder fier die Orbejtslosigkeit aus. Und die Laide der goanzen Brigade, die hoamm sich oo privat gekannt. Do gab es een Zusammengehörigkeitsgefühl. Sowas gibts im Kapitalismus nieh. Im Brigadebuch war alles eengetragen: alle Vaanstaltungen. Und bei gutter Planerfüllung gab es Prämien für goanzes Kollektiv. Zivilverteidigung haben wir alle zusammen in der Brigade einen Tag im Jahr gemacht. Von der Landeskrone durch die Stadt wandern. Von der MaxKönig Lehrwerkstatt aus ein Tag voller Veranstaltungen, mit Wanderungen, Verstecken spielen, Sport, Schießübungen in Weinhübel und in Klingewalde Keulenweitwurf, Abschlußveranstaltung mit Politischer

Rede. Und danne war früher Nachmittag und wir vollkommen müde und fertig. Und dann war nicht etwa frei und nachhausegähen, nee, dann mußten wir in den Betrieb zurückwandern und weiter arbeiten. Da bin ich mal ausgerastet. Das hat mich angekotzt!"

Jippi:"Kenn Ieh. Schießplatz Weinhübel beem Tierheem inna Nähe vom Sattgut, Obstplantagen. Sattgut. Do woar Ieh oo amoal. Bin eengeschloofa bei der Orbeet. Und do goabs son Fäldwäbel. Nu?, die hoamm mich nimma hoamm wollen."

Hannel:"Sprit Benzin billiger in Schweiz als in BRD."

Heinrich:"Varicktes Huhn ! Mir sejnn hier in Gerrlitz. Doas is ne andere Welt. Du kannst internationoahle Maßstäbe nieh miet´der BRD vagleichen."

Hannel:"Ieh werd dir glei helfen ! Na watte !"

Achim:"Die Wessis hetzen in meener Kindheit immer gegen die Ossis: Die armen DDRler mit ihren Bratkartoffeln. Die hoamm bloß Kartoffeln."

Katl:"Bratkartoffeln schmecken ock gutt und sejnn gesund. Oder?"

Jippi:"Wenn die Wessis keene Argumente hoamm, danne erklären sie eenen fier varickt oder machen eenen lächerlich. Doas hoamm se von den Usern."

Achim:"Gegen Bratkartoffeln hoamm die Wessis plötzlich seit der Ölkrise 73 gehetzt, bloß weil sie zu arm waren, um richtich zu kochen. Hetze gegen BratkartoffelVahältnis. Doas iss Typisch Wessis."

Holger:"Hetze gegen BratkartoffelVahältnis? Der Moann hott was zum Kuscheln, und die Froo will den Moann gerne bemuddeln. iss ock scheene. Woarum soll doas schlecht sejn ?! Sisste ?!"

Heinrich:"Der Olli. Als Wessi hott er oo unter der Eelkrise gelitten. So dünne wie der iss. Bloß Nudeln und Maggysupp."

Holger:"Du hast ne Scheibe ! Du miet´deinem Schnaps. Nu?, Ieh halt mich do roos."

Heinrich souverän:"Weeß jäder, doaß Ieh trinke. Mir ock egoahl!"

Jippi:"Mir sejnn wie Offene Psychiatriegruppe Jochmannstroaße."

Katl:"Jochmannstroaße? Do is ock die Psychiatrie bis 04; Valagerung zum Klinikum, Eröffnung : 1.7.04 "

Katl:"HO Tabakwaren. Wißt ihr. Doas Zigarrengeschäft hoamm se geschlossen. Und seit die Wessis die Haiser gekooft hoamm, passiert nischt mehr. Haide gilt in Gerrlitz een An- und Verkoof schon als Wirtschaftswunder, ne wa?"

Jippi:"Plinsen jetze miet´Zucker und Zimt. Hm."

Katl:"Miete Schaiklappen rumloofen, doas wollen die Wessis von uns. Damiet´mir se nieh davonjechen."
Heinrich:"dito! Aba du bist ju besonders fleißig, wenn de Karten spielst."
Ursl:"Jetze werd bloß nieh pimplich!"
Holger:"Kodersdorfer Ziegelei, vor der Autoboahn links, goanz moderne Ziegelei, haide immer noch."
Heinrich:"Truppen Rietschen, Niesky, Panzer. KampfGelände hoamse vakleenert aba gibt es noch. Uns werden se Militär noo als Orbeetgeber vakoofen."
Roswittl zu Hannel:"Millern, du hastne Macke!"
Hannel:"Biste bleede!? Stimmt ock. Du mußt jetze legenne!"
Katl zu Roswittl:"Na, die Schmittl Roswittl begreefts nieh!" und eilt zur Küche hinter die Theke.
Roswittl:"Schuldigung", und legt eine Karte.
Hannel zu Roswittl:"Varickte Hummel !"
Heinrich:"Muß eim ock ins Ooge springen, doaß Ufschwung miete Kapitalismus nieh gäht!", hantiert am Kühlschrank und Spüle,"Kann ma die Handtiecher, wenn ma sie wäscht, nieh mal biegeln?! Do kann mas glei bleeben lassen."
Jippi:"Wenn Ieh keen Bügeleisen hoabe, danne läg Ieh die Hose unters Bett !"
Ursl sagt zu Achim:"Ieh rieche wie frisch gepreßt ! Ieh knuddel für meen Läbn gerne. Ieh muß mich mal visagieren" und kramt in ihrer Handtasche.
Roswittl mit Spielkarten in der Hand streng und genervt:"Ferster Katl! Kannste mol herkomm ..? Was macht Sie denn schon wieder inna Kieche ! Mensch ! Wir watten uf dich!"
Katl von hinter der Theke:"Nu hoab dich nieh so, Schmitt Roswittl ! Ieh guck hier bloß noo bisl Kaffesahne fier uns. Der Heinrich hott die schon wieder vermuddelt."
Holger:"Meene Kirsche, mir miet´der Silberhummel, nu doas war scheene frieher."
Hannel zu Katl:"Deen Oller is ju n Schrank. Hoab Denn gesähn, Zwee Linden, als Ieh zum Ildi bin."
Katl verschämt siegreich stolz:"Nu nu?!, Meener hott di oo gesehn: Ne Blondine, so ne kleene Dumme, ufgetakelt miet´eenem Pfund Schmiere." Katl und Roswittl lachen.
Katl:"Will meener umziehn, hoamma ins a Wohnung angeguckt. Iche:

Du, die is ju Par´terre! Do könn eim die Leit ufn Essteller gucken.“
Soat meen Oller:"Hoamm mirs nieh so weet zur Stroaße."
Jippi verspeist gerade eine Worschtschnitte und sagt genüßlich
Jippi:"Jetze hoab Ieh die richtiche BettSteefe! Also Ieh hoo mieh jetze
ufs Ohr!“ und legt sich eefach auf einen Holzkasten, der im
Gruppenraum rumsteht und erklärt:"Die richtiche BettSchwere
nachm gutten Essen!", legt sich hin und schläft.

Olli kommt:"Das Public Viewing mußn Erfolg werden. Ganz Gerrlitz
guckt auf uns. Und doas Farnsiehn wird oo dabei sein."
Frank:"Du, Olli, der Heinzpeter iss um Zähne hier gewäsn. Sollen wir
ausrichten.“
Olli:"Danke. Wir hoamm schon telefoniert. Margret iss nicht da. Gutt.
Daß Margret, wie es ihr gerade paßt, wie gestern bei bestimmten
Psychosozialen LockerungsÜbungen nicht mitmacht, doas iss ein
Problem für mich. Und danne iss sie eingeschnappt und geht eefach.
Ich weiß nimma weiter!", greift sich an die schweißüberströmte
WuschelStirn.“ Margret iss gerade nicht da. Bitte macht mal
Feedback reihum!“ Ein genervtes Stöhnen huscht kurz oder auch
länger über aller Gesichter."Feedback" Das tagtägliche Wort des
Grauens, Farbe zu bekennen. AnnaMaria, eine der 4 20Jährigen
beginnt einfach:
AnnaMaria:"Disziplin !“
Heinrich:"StarAllüren.“
Holger:"Egoahl, woas die andern soan, entweder sie fügt sich den
Rägeln, an die sich alle halten, oder sie soll machen, was sie will.“
Jippi:"Mal goanz gutt, daß die Bombe geplatzt iss. Gutte Orbeet
abliefern tun. Hoab keene Lust, daß unser Stroaßentheater lächerlich
wird.“
Katl feixt in die Runde:"Die hott Eier inna Hose!“
Ursl:"Ich denke, Du, Olli, wirst ihr wie immer vazeihen. Rico ham mir
rausgeschmissen. Damwild männlich schlachtern, Weiber bleiben am
Läbn, wie im Wahren Läbn.“
Roswittl zu Katl über den Tisch:"Gib mal die Stalzstangen rüber, äh“
Holger:"Friß nieh so viel!“
Olli:"Unsere Aktion für Julietta, die Enstorgungspille hott ju große
Resonanz gefunden. Leute ihr watt sehr fleissig, wie ihr die
Entsorgungspillen vateilt hoabt. Genau so muß ma doas machen. Also
großes Lob von Vila. Soll ich weitergeben. Die WM nähert sich ja",

gewinnendes erfolgreiches Grinsen des Chefs," bald gehts los. Den WMStand müssen ma rechtzeitig ufbaun. So Leute. Und jetze gehn mer mal alle raus ufm Postplatz. Wenn mir gutt sejnn, wird doas haide noch was." Allgemeines Stöhnen. Und auf gehts. Viele Menschen, Autos und Straßenbahnen. Versammlung aufm Postplatz beim leeren WMStand. Der jetzt nicht mehr leer ist.

Olli:"Fangen mir mal mitn paar LockerungsÜbungen an. Gehn mir ruhig uf die Wiese. Und stört euch nieh an den Stroaßenboahnen. Konzentriert euch!" FreiluftGymnastik, der sich alle widerspruchslos anschließen.

Olli:"Stellt euch mal alle scheen im Kreis und ..." Alle um die Minna herum. Der scheenste Brunnen Schlesiens. "Und jetze vasucht bitte amal, euch bei den Händen zu fassen!" Tatsächlich tun das auch alle.

Rainer:"Iss doas jetze der Tanz ums Goldene Kalb?"

Olli:" "A" Singen und weitergeben! Ich singe "A" und gäh zum Nächsten, zB zu dir Katl, und jetze singste doas "A" "

Ursl:"Sollen mir A A .. singen, oder doas A so lange, bis ma beem Nächsten iss?"

Rainer:"Das kommt ufs Gleeche heraus."

Die Bevölkerung, die Urlauber, die Menschen auf dem Platz der Befreiung, in den Autos und in den Straßenbahnen gucken verständnislos.

neue Anweisung von

Olli:"Und jetze amal Alle Grimassen schneiden!"

Matze:"Wer pfeift, wird erschossen !"

Olli:"Guckt amal genau hin! Macht es amal genau wie iche!"

Ein paar fangen an, es Olli nachzumachen.

4jähriges Mädchen mit Püppi im Arm und junger Mutti an der Hand kommt staunend an der Gruppe vorbei und fängt bitterlich zu heulen an.

Ursl:"Oh JeeGosch!"

Rainer:"Oh Meen Gott!"

Jippi:"Ach Gottl Nee!"

Katl:"Ieh mach mich ock hier nieh zum Affen. Vor allen Laiden. Doas kann der alleene machen."

Usische Urlauberin:"Oh My Gosh!" und macht Foto.

Achim hat seine IldiTüte mit den 3 Litern Cola pro Tag mit aufn

Postplatz genommen und trinkt.

Ursl zu Achim:"Du BeutelRatte !"

Heinrich:"Na Gucke mal an, wie d Wessis glotzen ! Du, die erkennt ma uf 100Meter." Urlaubergruppen mit jede Person ihren Fotoapparat um den Hals baumelnd in Händen. Und der Reiseleiter Heinrich:"A Jungscher Stiesel !", ruft zur UrlauberTraube:"Und azeel denen oo a mal von ins Schlesiern. Schlesische Bevölkerung! Azeeln vom Viktoriahotel, der Palast vom Eduard Schultze, das Erste Hotel am Platze, der Palast vom Eduard Schultze, das Erste Hotel am Platze!"

Holger ruft noch lauter:"Durf sieh ju niemand arinnern, wie scheens frieher war. Wessis: die Rückkehrer von drieben : großkotzig, bleede Sprüche. Äkelhaft!"

Hannel brüllt:"Da gibt´s nieh bloß TwentyforHell!"

Olli ruft auf seine Gruppe um Beruhigung bemüht:"Nieh alles über einen Kamm scheren!"

Rainer brüllt:"Arabische Sippen und ScheinAsylanten hoabt ihr uns gebracht. Massen von orbeetslosen Usländern, die es inna DDR niemoahls gegän hott."

Heinrich brüllt noch lauter:"Azeeln nieh bloß SechStädteBund, Sorbisch und d Befreiung 89! A Jungscher! Du NeunmalKluger!"

Ursl das Gesicht zur Faust geballt:"Ihr habt unsere Familien zerstört."

Jippi brüllt:"Und doas Haschisch hoabt ihr uns oo vaboten!" Gereckte Faust.

Reiseleiter guckt wie ne Kuh, wenns donnert, und zieht autoritär die Ausländer, deren UrlauberFratze Neugier widerzuspiegeln beginnt, schnell hinter sich her und nuschelt unhörbar:"Nur keene Probleme jetze." Vor der Königlich Preußischen Post der Reiseleiter:"Do Schönhof! Dieses Kloanod, das schönste Gebäude der OberLausitz, dö Architektur, Renaissance und Barock, oan Juwel der Architektur."

Die ReiseMeute flüchtet von der Bevölkerung auf dem Postplatz angewidert vor derselben und folgt durch die häßliche Störung verärgert und um so gehorsamer dem Bayerischen Reiseleiter treu lauschend auf Schritt und Tritt.

Holger hat die EntspannungsIdee:"Hier!" hält ein kleines Briefchen hoch und brüllt zur Meute vor der Königlich Preußischen Post," Julietta, die Entsorgungspille! Hoabt ihr die schon?!" Und rennt der schon flüchtenden Meute hinterher, "Is von Boleslav Martin !" Die

Meute flüchtet, die WMGruppe hinterher!

Prag, Hradschin:
Zwei Geheimagenten tauschen ihre Aktenkoffer aus. Dann, im
Bewußtsein, den ersten Teil ihrer Arbeit getan zu haben, gehen sie an
den nächsten Imbiß und bestellen sich ein Bier.
Sagt der Eine:"Wo man ja jetzt die AbschußBasen für Usa installiert."
Sagt der Andere:"Wohin schießen die eigentlich?"
Einer:"Das ist doch vollkommen nebensächlich. Wir verdienen uns
hier nur unser Brot für uns und unsere Familien. Wir müssen
schließlich unser Irakisches Öl verteidigen."
Anderer:"Eu hat doch sowieso den EnergieVerbund. Und das
Russische Öl ist doch auch ok. Wenn wir Irakisches Öl bevorzugen
wird sich Paris aufregen, die uns das billige Algerische Erdgas liefern.
Und was ist mit Libyen? Wollen die alles kaputtmachen, was wir uns
über die Jahre aufgebaut haben?!"
Einer:"Ist Tschechien nu BündnisPartner von Usa ja oder ja?"
Die beiden Geheimagenten tauschen erneut ihre Koffer aus und
trennen sich.

Gerrlitz:
Heiliges Grab. Die Polnische Reiseführerin der Arabischen
BesuchsDelegation aus Frankfurt/Main vom Hotel Buchmacher
spricht in gebrochenem Polnisch, die Damen und Herren der noblen
Reisegruppe verstehen nicht ein Wort und blättern und lesen in ihren
eigenen Arabischen Reisebroschüren staunend vor dem
orginalgetreuen Nachbau des Grabes Jesu Christi. In der Arabischen
Broschüre steht:
„Agnete Fingerin und das Heilige Grab zu Görlitz:
Das Heilige Grab zu Görlitz in Görlitz ist die genaueste Nachbildung
unter den Nachbildungen des Jerusalemer Grabes in Deutschland. Die
Mediävisten streiten, ob Georg Emmerich, prominenter Händler und
Bürgermeister der Stadt Görlitz, ODER Agnete Fingerin die Baupläne
aus dem Heiligen Land geholt hat. Das Heilige Grab zu Görlitz ist eine
verkleinerte Kopie des Jerusalemer Grabs, wie es Emmerich und
Fingerin vor Augen war. Das Heilige Grab in Jerusalem besteht nicht
mehr in dieser Form, sondern kann nur noch als Ruine des
EmmerichFingerin Originals gelten, was eben das Görlitzer Heilige
Grab so wertvoll für die Christenheit der Welt macht. Agnete Fingerin

pilgert rund 10 Jahre nach Emmerich ins Heilige Land und bringt bei ihrer Rückkehr 1480 die Baupläne mit. Daß Emmerich bei seiner Pilgerfahrt die Pläne beschafft hätte, wie die Legende weiß, widerspricht rundum jeder Logik, warum er dann diese Pläne bis Baubeginn 1481 unter Verschluß gehalten haben sollte. Hätte Emmerich nicht gerade mittels seiner Pilgerreise sein schlechtes Image in der Stadt Görlitz so sehr wie nur möglich und so bald wie nur möglich wiederherzustellen zu trachten, so ist es wenig glaubhaft, daß Emmerich, hätte er seine Pläne schon in Händen, als harter Geschäftsmann, der er ist, wartet und sich bemüßigt fühlt, auf die Geschäftsfrau Agnete Fingerin zu warten, die er in telepathischer Zukunftsvision sieht, wie sie ihn 15 Jahre später mit den Bauplänen beglückt. Agnete Fingerins Romfahrt und Verkauf alles ihren Hab und Guts an Hans Schmidt, lesbar folgend auf ihr Testament im Görlitzer Stadtbuch: zusammen mit Emmerich sei sie im Heiligen Land gewesen. Bis heute ist nicht geklärt, ob der Text von Scultetus eine Fälschung des FrauenburgTagebuchs ist, zudem eine gleichzeitige Pilgerfahrt mit Emmerich anderen Quellen widerspricht. Für die Weiterreise von Agnete Fingerin von Rom nach Jerusalem spricht, daß in den Görlitzer RatsAnnalen steht, daß sich Agnete Fingerin als Reisebegleiterin mit einer Reisegesellschaft von Herzog Albrecht ins Heilige Land aufgemacht hat. 10 Jahre NACH Emmerich. Gegen eine Weiterreise von Agnete Fingerin von Rom nach Jerusalem spricht, daß zum Zeitpunkt eines ihrer Schuldenerlasse an einen Gläubiger, festgehalten im Görlitzer Stadtbuch VOR ihrer Fahrt, in diesem Eintrag nur von ihrer Abreise nach Rom die Rede ist."

Moskau:
Zwei Geheimagenten tauschen Akten aus.
Der Eine:"Heute ist alles viel ruhiger als früher."
Der Andere:"Moskau ist die teuerste Stadt der Welt."
Der Eine:"Wir haben unser Russisches Reich, das geht von der Ostsee bis zum Pazifik."
Der Andere:"Das Usische Reich geht vom Pazifik bis zur Ostsee."
Beide lachen bitter.
Der Eine träumerisch:"Das war noch was früher, als wir gegen Usa gekämpft haben."

Beirut:

"Laa Arif", sagt Nahida, die Händlerin."
Fritz:"Ich denk, es gibt soviel Christen im Libanon, da dürfte das ja wohl kein Problem sein. Naja, dann laß ich das eben."
"Alle schimpfen auf Usa", sagt Nagib, der Händler,"dabei haben sie alle Geschäftsbeziehungen mit Usa. Und jetzt, wo Hariri tot ist, Demokratie?", er lacht.
Nahida:"Sie sollten einen Ausflug in die Berge machen. Da ist es wunderschön. Das müssen Sie gesehen haben."
Fritz:"Ja Wie Denn ?! Das ist doch alles viel zu unsicher jetzt. Die Welt ist krank."
Nagib:"Gott ist größer. Ismael wird sie zum Kloster fahren."

Gerrlitz:
NikolaiKirche: Die Polnische Reiseführerin der Arabischen BesuchsDelegation vom Hotel Buchmacher spricht in gebrochenem Polnisch am Jakob Böhme Grab, die Damen und Herren der noblen Reisegruppe verstehen nicht ein Wort und blättern in ihren eigenen Arabischen Reisebroschüren staunend vor der ältesten und prächtigsten Moschee der Stadt, älteste und prächtigste Kirche der Stadt. Einer seit Jahrzehnten verlassenen und verwahrlosten Markthalle gleichend macht die NikolaiKirche starken Eindruck auf die Arabische BesuchsDelegation.

Die Eine entsetzt:"Das ist stark!"
Der Andere:"Diese Moschee ist das Entsetzendste, was ich bisher in Gerrlitz gesehen habe."

Zgorzelec in Polen:
Danuta schleppt in Kartoffelsack direkt unter den Augen des BRDZolls ihre ermordete Schwiegermutter über die Brücke.
Die Arabische Delegation mit ihrer Reiseführerin am Dom Kultury/ Ruhmeshalle

Schlesische OberLausitz Gerrlitz, Niesky, GelbWeiße Flagge:
Die zwei Russischen GeheimAgenten auf der Daatsche
Der Eine holt den Schaschlik vom Grill, der Andere öffnet eine WodkaFlasche und gießt ein.
Der Eine:"Als Ausländer kann man hier gut leben in Deutschland."
Der Andere:"Brüderchen trink!" reicht ihm ein Glas, sie prosten sich

zu.

Die auf dem schiefen Gartentisch zerlaufende dicke Kerze breitet ihr Wachs in zwei mächtigen Armen aus. Beide GeheimAgenten gucken auf das Wachs,
Einer sagt:"Die Ausläufer des Euphrat und Tigris."

Ceska Trebova in Tschechien:
Autokennzeichen "Prag": Da geht man mit dem Hausschlüssel mal einfach vorbei und macht einen 5Meter Kratzer rein! Tschechien: MilitärKluft für Mädels und Jungs. Ist das der PfadfinderClub? Prag, Sorbische PunkBand

Usa erklären vor der Uno, Rußland gefährdet UsaSicherheit, weil Rußland zwischen Ural und Moskau über das Einzige Richtig Große TrinkWasserReservoir in der Welt verfügt. Europäisches Wasser wird zum Zankapfel, schlimmer als Usa Jimmy Carter Afghanistan, Rußland mittels Pakistan Zugang zu Indischem Ozean zu verwehren. Straße von Hormus wird plötzlich völlig unwichtig. ErdölgasPreis fällt ins Bodenlose.

Nächterne Kahnfahrt auf dem Weiher in Dreieichenhain:
man hört Plätschern des Wassers, vielleicht ein Kauz und ein Uhu, leises Gedudel Mittelalterlicher Instrumente vom Burggemäuer her.
nur 2Personen sind auf Kahn
1.rudert
2.hält Kamera// wechseln ab irgendwie
Kamera Perspektive:
Kleider Gestalten passen in FastDunkelheit ins tiefe Mittelalter ruhiges ernstes Gespräch zwischen den Beiden.
Keine Lampe, nur das Licht der Sterne und des Mondes.
DialogZeit alles möglich zwischen 1945 und 2008:
Dialog:
"naja, so weit mußte es ja kommen."
"die Herrschaften haben es nicht anders gewollt."
"ein bißl weniger arrogant, und wir hätten ihnen die Revolution gebracht."
"das hätte der Hälfte von ihnen den Kopf gerettet."
(beide giftiges Lachen)
"waren zu bequem fürn paar Neuerungen."

"das bourgeoise Gesindel, ..., glaubte, wir wollten eine Revolution für sie machen, eine Revolution für das GroßBürgertum, pah "
"aber geschickt gemacht wars doch! verkaufen uns den Schnee von gestern."
"Demokratie. Sie meinten, uns erpressen zu können, indem sie unsere Frauen und Kinder abgeschlachtet haben."
"Ihre Demokratie hat sie sich schließlich gegenseitig ans Messer geliefert."
"Demokratie."
"Freiheit."
unbändiges Lachen
"autonom muß man es machen. wahllos."
"gegen Guerilla können sie nichts machen. Nur die Guerilla ist ihr Feind."
"Überfallen Irak und machen Urlaub in DomRep."
"Da haben sie vor schlechtem Gewissen nicht mehr schlafen können."
KLATSCHGLUCK es sieht so aus, als würden die 2 etwas im Weiher versenken.
"Das steht aber nicht in der Klatschpresse." Beide lachen.
"Talleyrand hat jeden, der ihn gekauft hat, verraten."
"Folkmusik, die gute alte Zeit der Scheiterhaufen. Forkmusik, Heugabelmusik."
"85.000 mein Gott, 85.000 ist nichts im Vergleich mit einem guten modernen Krieg. In Dresden hat man die toten Flüchtlinge geschändet. Leichenfledderei bei toten Kindern und toten Frauen."
"Zu ihrem Gedächtnis hat man den Valentinstag erfunden."
"In den ersten Jahren der 3.Republik haben sie flott Leichen gerechnet."
"Mit zweierlei Maß, versteht sich. Die ermordeten Flüchtlinge in Dresden macht man somit endgültig zu Untermenschen."
"BRD Herrenrasse und Palästinenser Untermenschen", darauf verstehen sich die Deutschen", lacht.
"GroßBourgoisie und andere Waffenhändler hatten genug zu tun, sich gegenseitig umzubringen."
"Jetzt ist alles hin. Die GroßBourgoisie hat sich gegenseitig abgeschlachtet. Wenn sie dabei nur das Volk in Ruhe gelassen hätten; aber sie haben Kriege angezettelt und das Volk mit hineingerissen."
"Man sagt: in jeder Epoche n paar große Kriege, das dünnt die Überbevölkerung aus und bringt frischen Geist. Ist gesund. Ist wie

Blutspenden."
"Das war im guten alten Rom so, das ist im guten alten
20.Jahrhundert so gewesen. Und im 21. haben sie sich alle selbst
übertroffen."
"Jetzt sind sie alle tot."
"Hörst du die Folkmusik?"
"Nein, ich höre nichts mehr."

Moskau/Washington:
RussRegierung entsendet ProbeBohrMannschaften bis 500 Km vor die
WeissRussische Grenze. Daraufhin der USPräsident:"Dies ist eine
Verletzung des Internationalen Völkerrechts. Die Usa fühlen sich
durch diesen Barbarischen Akt, den wiraus einer SemesterArbeit von
1994 eines CambridgeStudenten abgeschrieben und damit in der
UnoVollVersammlung die Weltöffentlichkeit informiert haben, in
Unserer Existenz bedroht und fordern die sofortige Einstellung der
Aggression und halten uns aber strikt an die UnoSanktionen gegen
Russland, aber auch nur bis auf Widerruf, sobald es uns juckt."

KAPITEL 3
Hotel Monopol, 9Uhr:
Roswittl entdeckt die Katl:"Ah, do iss ju die Fersterin !"
Katl:"Nu?!, guck an ! Die Schmittl! Na, Schnecke? Wie gäht's?"
Roswittl:"Zum Kotzen. Immer so frieh ufstähn."
Katl:"Und die Millern wie immer goanz vaschloofen. Na, Hannel?,
dein Fraind kann eenen uf der Stroaße nieh amol grießen. Komisch."
Hannel:"Meen Männl. Meen zukienfticher EheMoann! Wo mir ju
jetze hejroaten, do heert und sieht er nischte. Mir organisieren
unseren Umzug noo Eesterreich. Senn Geschäft leeft gutt. Dän Streß
kennt ihr aich vorstellen."
Roswittl:"Ihr seid schon zwee Varickte!"
Katl:"Du Hannel, Ieh gloob ihr liebt aich werklich."
Hannel:"Ma muß schon varickt sein, um diese Wirtschaftskrise zu
ertragen."
Die drei Frauen lachen

Matze begrüßt Rainer:"Na Kleener ! Grieß Dich! "
Rainer:"Na Großer ! Grieß Dich !"
Die Leute sitzen im Kreis zusammen im Übungsraum und warten auf
Olli. Die Leute gelangweilt und dennoch erpicht darauf, was der Neue
Tag so bringen wird. Olli. Da kommt er. Herein wie ein
WuschelDerwisch. Er schmeißt seinen Rucksack auf einen freien Stuhl
und schon geht's los:
Olli:"Na dann wollen mir mal alle aufstähn .. Mir singen „Theo spann
den Wagen an.." Alle stehen auf.
Nach und nach. Einige mögen Singen nicht. Manche haben
grundsätzlich eine Abneigung gegen Singen. Aber Olli hat es
verstanden, auch diese nach und nach dazu zu bringen, ihm zu
gehorchen:"Schließt euch nieh selbst aus der Gruppe aus. Doas
behindert unsere Orbeet. Doas stört unser Gruppengefühl."
Achim nuschelt zu Katl:"Theo mir fahrn nach Lodz, als Ieh kleene
war, hott die BRD schon von den Polen gesungen und den Betrug vom
Mißtrauensantrag gemacht. Die Hitparade mit Elja Riechter: Theo,
mir fahn nach Lodz."
Katl:"Kenn Ieh nieh."
Achim:"Und diesen Politischen Sumpf hott erst nach der Wende der
DDR-Geheimdienst ufgerollt."
Katl lacht:"Nu nu?! Die BRD miet´ihren OstVaträgen und ihrem
Mißtrauensantrag. Aire ZTU/ZSU hott die eegenen Politiker gekooft,
damiet´ihr eegener Mißtrauensantrag valiert. Nu nu?!, unser
Geheimdienst."
Und die Leute singen:"Theo spann den Wagen an", das Singen wird
immer besser, und jetzt sogar Kanon singen, und das klappt sehr gut.
Die Leute sind überrascht, wie gut sie singen können.
Olga meldet sich.
Olli freudig mit auffordernder Geste:"Ja bitte Olga."
Olga:"Ich kenne oo een scheenes Lied: ´Jesu, geh voran auf der
Lebensbahn´, kennt ihr das?"
Alle kennen es und lächeln. Und diejenigen, die beim vorherigen Lied,
weil sie es blöd finden, nicht mitgesungen haben, strahlen.
Und Olga singt:"Jesu, geh voran auf der Lebensbahn .."
Olli:"Na, dann singen wirs doch einfach !" Und so singen sie Alle:

Jesu, geh voran auf der Lebensbahn,
und wir wollen nicht verweilen, Dir getreulich nachzueilen;

Führ uns an der Hand bis ins Vaterland!

Solls uns hart ergehn, laß uns feste stehn
und auch in den schwersten Tagen niemals über Lasten klagen;
Denn durch Trübsal hier geht der Weg zu Dir.

Rühret eigner Schmerz irgend unser Herz,
kümmert uns ein fremdes Leiden, o so gib Geduld zu beiden;
Richte unsern Sinn auf das Ende hin!

Ordne unsern Gang, Jesu, lebenslang.
Führst Du uns durch rauhe Wege, gib uns auch die nöt'ge Pflege;
Tu uns nach dem Lauf deine Türe auf!

Katl:"Nu, doas ist wengst noo n richtiches Kirchenlied."
Holger:"Und nieh wie diese Wanderlieder, die ma jetze so oft in der
Kirche singt. Äkelhaft. Doas hott miet´Andacht nischt mehr zu tun.
Ach ja. Ieh hoab ja n Gedicht gemacht. Soll Ieh doas amal
vortragen ?"
Olli glücklich:"Ja bitte Holger. Du hast dir die Mühe gemacht, und
een Gedicht geschrieben? Doas ist ja großartig. Also bitte, ja, dann
trag uns allen Leuten mal dein Gedicht bitte vor !"
Holger:"Nu nu?! Los gäht's:
Hab mich aufs Bett gelegt, lass meinen Blick durch das Zimmer
schweifen. Mir fällt auf, dass an der Deckenlampe in der Mitte des
Raumes ein Spielplatz für Eintagsfliegen entstanden ist. Es hat eine
wilde Verfolgungsjagd begonnen. Die Viecher haben aber dennoch ab
und zu die Möglichkeit sich auszuruhen und setzen sich dazu,
natürlich in gewissem Abstand zueinander, immer auf den untersten
Punkt der Leuchte. Kommt eine andere Fliege auf den gleichen
Gedanken und will sich setzen, beginnt erneut eine wilde Rangelei in
der Luft, welche mich total wuschig macht. Stehe auf, um die Klatsche
zu holen. Bleibe jedoch am Fenster stehen, weil ich mein Auto unten
an der Straße stehen sehe., Kriege wieder einmal die Lust, die Koffer
zu packen, einzusteigen und mit der Silberhummel und meiner
Kirsche in den Urlaub zu fahren. Werde innerlich, förmlich fast
verrrückt, weil das jetzt nicht geht. Schade !
Mich kitzelt etwas an der Hand, hebe sie, um zu sehen, was das ist. Da
läuft doch so ein klitzekleiner Käfer darauf rum. Mensch, hast du´s

gut, kleiner Krabbler, brauchst nicht hier zu bleiben, kannst einfach los fliegen, hast Freiheit pur. Ich gehe zum Radio, schalte es an, um meinen Frust zu vergessen.

Die ohne Beschleunigung dahingleitenden PKW hören sich an wie Meeresrauschen, ein Lufthauch ab und zu erfrischt den nackten Körper. Ein Laster übertönt mit Gebrumme und Geklapper das Meer. Die kleinen Vögelchen gegenüber von mir in den Ästen der Bäume, zwitschern wie wild, als wollten sie dem blechernen Meer Einhalt gebieten. Das Überdruckventil des Bremsluftkessels eines Stahlbullen, hört sich an wie das Niesen von Neptun. Schade, dass ich mit den zwitschernden Vögeln nicht davonfliegen kann, um mir weite Berge und Wiesen von oben zu betrachten. Mein Kühlschrank springt an, ganz leis´, und ich werde aus meiner Fantasie gerissen, als donnernd, rumpelnd, ein bißl jaulend wie junge Hunde, die Straßenbahn bremsend in die Haltestelle bei mir am Haus einfährt."
Olli:"Ganz großes Lob Holger. Du bist ju ein richticher Poet! Vageßt die Ideen, dh. : Kein VorausPlanen ! Seid durchschnittlich, nieh spektakulär/originell. nieh Gewinnen, sondern Spaß iss doas Ziel. Blockieren und Blockade iss langweilig. Akzeptieren Ja bringt weiter. Und jetze gähn mir an die frische Luft. Also alle mitkommen."
Roswittl:"Gäht es zu unserem dollen WM-Stand, oh nej!"
Rainer:"Machen mir haide Freiiebungen?"
Matze:"Froag miech woas Leechteres! Keene Ahnung !"

Draußen vor der Spuorkasse neben dem TommyMichel:

Olli:"TicTacTo, doas iss ein Gesellschaftsspiel wie MenschÄrgerDichnieh: Da gibt's n Quadrat mit Linien: In eine Reihe muß ma Gleichartige kriegen, bevor Gegenspielerin doas schafft. Ihr kennt doas ju sicher. Doas machen mir jetze. Mir machen jetze ein paar Mannschaften Jippi, du hast die Malkreide. Mal maln Spielfeld für uns auf den Boden."
Jippi:"Was ! Iche ? Aba Ieh kann nieh malen."
...
Olli:"Und jetze gucken mir uns inna Kamille doas Zittauer Theaterstück "Nazi und Tscheche im Gefängnis" an." Gesagt, getan. Die Truppe marschiert zum Untermarkt zum Handwerk. Olli verkündet unterwegs:"Hauptsächliches Publikum sind Jugendliche

aus Zittau, von der BerufsSchule."
Stimmen aus der Gruppe:
"Was wollen denn die von der Zittauer BerufsSchule hier?"
"Na, die werden alle rechts sein."

Der Veranstalter, ein Sozialarbeiter aus Zittau, bietet nach der
Theateraufführung Redemöglichkeit und sagt vor Beginn der
Diskussion erst einmal selber etwas:"Und heute gibt es keenen
eenzigen Juden mehr im Gesamten Raum Zittau."
Achim flüstert:"Doas iss falsch. Statistisch gibt es nirgendwo inna
BRD eenen eenzigen Juden, weil Juden nieh statistisch erfaßt werden,
wohingegen Moslems, Katholiken und Protestanten registriert werden.
ReligionsHetze gegen Islam iss SalonHobby jeden Tag bei den
Privaten FarnsiehSendern. Die armen Froon im Islam miessen
vaschleiert gähn. Doas geniegt fier die Durchschnittsperson, den Islam
als MörderSekte zu bergreifen. Vielen Dank an die Privaten
Fernsehsender."
Bernhard flüstert:"Sekte? In Usa gibt's ock imma so
Selbstmordsekten. Heert ma ja imma wieder."
Heinrich flüstert:"Do mußte gor nieh asu weet gähn. Sowas gobs oo
bei denn Juden vor 2000 Jahren. D Essener, aba dovon will ma haide
nischt mehr wissa."

Keine der Jungen Frauen und Jungen Männer sagt etwas.
Hauseinbrüche von Tschechen in Zittau. Kommt es zur Sprache?
Nein.

Holger:"Unser Big Brother USA, Unser Großer Bruder."
Heinrich lacht:"Nu nu?!, mir wie die Indianer. Miete Feuerwasser
hott ma die Indianer ruhiggestellt. Indianer und mir: oarme Idioten."
Holger:"John Maynard und Genossen: Die Schwalbe fliegt über den
IriSee."
Sepp:"Der Schlesische WirtschaftsMinister soat, die Orbeetslosen
behindern die Wirtschaft." Olli gestört. Aber das ist auch Sepps
Absicht gewesen.
Olli:"Also machen wa erstmal Mittagspause und vaschwindet.

Mittagspause Kaffeekränzchen:
Im Hof: Die Leute auf der Hintertreppe starren zum Hinterhof des

Nachbarhauses herüber. In den 4Stockwerken hängen in bunten Bettbezug gekleidete Federbetten aufm Balkongeländer zum Lüften. Auf einem Balkon sieht man ein sehr junges Pärchen hantieren, wieder durch die Balkontür ins Innere vaschwinden

Jippi grinsend:"Nu nu?!, do wohnen jetze Polen. Irgendwie sieht ma doas, weil die so ungezwungen sejnn."

Bernhard, der ein SchlappMaul hat, sagt leicht dahin:"Nu, nu?!, die Polen, is äbn ne andere Kultur, äkelhaft, wie die ihre dreckigen Betten an die Öffentlichkeit zum Lüften raushängen!", und schmunzelt sich über seine Polenkritik, mal sehen, was sie für Früchte zeigt.

Jette ehrlich angewidert:"Da haste aba recht, Bernhard! Sowas hotts hier früher nieh gegäbn. Richtich äkelhaft."

Achim stutzt:"Jetze muß Ieh aber mal leichten Protest anmelden. Du, Jette, doas iss werklich nieh gegen dich gemeint, aba Ieh muß soan: In Sprottau iss doas so gewäsn. Und Sprottau iss eene 100% Daitsche Stadt halb evangölisch halb katholisch gewäsn. Bis Sommer 45. DaitschBettenmachen Federbetten liegen draußen auf Fenstersims an Frischer Luft. Doas iss ock herrlich, diese frische Luft in den Federn zu riechen, wenn ma ins Bettl gäht, oder?" Jette guckt bitterböse. Es miaut.

Die Leute kommen, nachdem sie sich auf der Berliner Straße an einem Imbiß oder einer Bäckerei verpflegt haben, oder die Mittagspause geruhsam im Hotel Monopol geblieben sind, im Pausenraum zum Kaffeekränzchen alle wieder zusammen. Holger ist der Einzige mit nacktem Oberkörper:"Na?, Tagchen!"

Ursl:"Na doas sieht hier ju us wie à la Pugatschowa!"

Heinrich:"Da haste Recht Ursl, een Saustall. Doas kann ock nieh die Jugendgruppe alleene gewäsn sein !"

Heinrich erbost von hinter der Theke:"Wer machtn hier so liederlich reene, een Siff iss doas hier Ieh denk Ieh bin hier fiern Kaffe zuständig! Bin Ieh aier PoosenKloon oder woas?!"

Katl:"Der guckt penibel noom Rechten."

Margret ironisch:"Den goanzen Tag fool, bloß an der Kaffemaschine rumhängen."

Holger:"Der isn Pedant. Der sollt mal bedenken, doaß er ersetzbar iss, wie mir alle !"

Heinrich hört es packt wortlos seine Sachen und geht. Eine Person zur andern:"Ach der tut bloß so!" Doch Heinrich geht wirklich. Die Leute rennen ihm auf die Straße nach.

Jippi:"Da kennt Ieh mieh schon wieder echauffieren! Kennen mir nieh amol Frieden hoalten in däm ScheeßLoaden!"

20Minuten später kommt Heinrich wortlos wieder. Er bemerkt das Aufatmen aller und grinst in die Runde:"Na, seid ihr froh, doaß der Bleedmoann zurickkommt?"

Jippi vasöhnlich zu Heinrich:"Wenn du jetze mal Gewehr bei Fuß kommst! Wie sollen mir etwas uf die Biehne des StroaßenTheaters bringen, wenn du uns nieh miet´Kaffe vasorgst? Doas gäht ock gor nieh ! Du bist ock unser Bester. Mir hoamm dich schon vamißt!"

Heinrich hinter der Theke sich wieder um den Kaffee kümmernd:"Ohne mir ! Ieh loß mir von so eener BorkenHexe nieh soan, doaß Ieh hier foolenze wie alle andern. Ieh komm murns als erschter und gäh noochmittags als letzter. Zwee bis Dree Kilo Kaffe am Tag mach Ieh fier aich. Und wenn ihr noo nieh amol bezoahlen kennt und Ieh dem Geld immer hinterherloofen muß, do mach Ieh doas eefach nimma , do sucht aich eenen andern Bleeden. Doas muß aich amol bewußt wern. Sunst kennt ihr aiern Kaffe alleene machen!"

Achim krault Ursl hinterm Ohr.

Ursl:"Ich bin eegentlich bloß zu Studienzwecken hergekommen." Beide glücklich.

Heinrich hinter Theke hantiert mit Kaffeekannen:"Und danne oo noo die Koatza !", Blick auf eine Katze, die in einem Sessel Platz genommen hott und sich sehr wohl fühlt, aalt sich auf einem der Stühle bei diesem Kaffeekränzchen.

Ja: Die Katze putzt sich und fährt sich mit der VorderTatze von hinten mehrmals über ihren Kopf über das Ohr.

Die Leute betrachten die Katze:

Katl:"Die hott ihr Ohr umgekrempelt!"

Ursl:"Wenn die Katze sich so putzt, danne kriegen mir haide noo Besuch." Beide Frauen lachen. Das steckt an. Alle lachen.

Mario kommt plötzlich mit seiner Tochter auf dem Arm zum Kaffeekränzchen. Mario, Klavierspielender Gitarrist und Dichter des Songs geschmeichelt in die Runde guckend:

"Ieh hoab meen Soll erfüllt !" Katl stürzt als erste auf ihn und seine kleene 4jährige Tochter zu:"Ai, wer iss´nn doas?!" Und alles ist guter Laune. KaffeeKränzchen eben.

Katl und Ursl lachen:

Beide im Chor:"Wenn die Katze sich so putzt, danne kriegen mir haide abend noo Besuch. Die hott ihr Ohr umgekrempelt! " Alle lachen

Jippi:"Oh woas säh Ieh: Jämand hott Pfannkuchen mietgebracht ! Do lacht meen Herz!"

Katl:"Die sejnn vom Achim. Aber Ieh hoab ock oo woas mietgebracht: Eierkuchen!" und holt aus ihrer Tasche einen großen Packen hervor und haut die Eierkuchen auf den Tisch des Kaffeekränzchens.

Bernhard:"Selba gebackn?"

Katl stolz vor Anerkennung:"Nu freilich !"

Holger:"Friß nieh so viel!"

Roswittl gespielt grimmig wütend:"Ieh hoab ock oo woas mietgebracht! Die Fersterin soll sich nu gor nieh so ufspieln!", legt einen Sack Apfelsinen auf den Kaffeekränzchentisch, und freundlich,"Apfelsinen! Gleech n poaar Kilo. Doas reecht fier oalle. Also wer will, nimmt sich."

Ursl:"Ieh hoab Gewiegte Brödel miete, fier ooalle", und stellt einen Sack auf den Kaffeekränzchentisch. Die Leute schnuppern glücklich.

Jippi:"Buletten! Meen Leibgericht!"

Achim:"Fleischbrodel Hurra!"

Mario:"Dazu paßt, woas Ieh vunna Bäckerei mietgebroacht hoab."

Jippi mit Blick zaghaft schielend in Marios große BäckereiTüte, die auf dem Tresen steht:"Oh und Semmeln und Brot. Und was iss zu fressen im Kiehlschrank?"

Heinrich guckt nach, die gesamte Meute verspürt riesigen Appetit, stürzt zu ihm und guckt ihm über die Schulter.

Ursl:"Harzer miet´Kümmel! Jippieh!"

Jippi:"Herrlich! Danne bin Ieh gerett. Und fier die Kehle der Kasten Bier hier. Dank sei Gott!" Die Meute am Fressen.

Heinrich:"Koann Ieh hier wieder alleene reenemachen!"ulkig über die Meute kopfschüttelnd und lachend:"Da macht ma reene, und in Nullkommanischte sitts miet´eenem Moal genooasu us wie vorher. Gesternomd, Ieh soa´s ju, die von der Jugendgruppe, die nutzen hier unsere KaffeKieche. Wenn se ihren DreckStall bloß ufraimen täten!"

Ursl:"Du kannst ju denn Zaig immer mietnähmen. Danne kennen es die Laide oo nimma dreckigmachen."

Heinrich überrascht:"Ursl, Du bistn varicktes Huhn!"

Mario hat seine Tochter auf dem Schos. Sie fühlt sich sicher beim Vater. Zärtlich hält er sie in den Armen. Sie verschnaufen. Mario kommt nur langsam zur Ruhe. Jetzt sind sie sicher.

Katl feixt und spielt mit der Kleinen.

Mario gibt vertrauensvoll seine Tochter der Katl.
Katl hat die Kleene auf dem Schos:"Na Du?!" Beide amüsieren sich prächtig.
Mario ist ganz rot im Gesicht und vollkommen niedergeschlagen:"Ich bin vazweifelt und wietend, komm geroade vonna Kindergoartenvawaltung. Und die Trulla erzählt mir, es ginge nieh anderster. Dabee hott dieselbe Trulla mir vor ner Woche vabindlich ne Zusoage gemacht! Dieselbe Feene Doame! Dän Kindergoartenplatz fier meene Kleene hoammse uns wechgenommen, zugunsten eenes Polnischen Ähepoaares, und Ieh foahr jetze jäden Murn von Bismarckstroaße miet´der Kleenen nooch Hagenwerder. Ieh platze glei vor Wut. Der Chef vonna KindergoartenVawaltung will es so, soat die Trulla. Er will es so, und sie hoabe doa keenen Eenfluß."
Holger:"Der muß do ock irgendwo n´Riß inna Schissel hoamm !"
Achim die Rauchluft mit unter Oberlippe rausblasend:"Delegieren und weiter delegieren. So machen sich die Mächtigen unangreifbar."
Heinrich:"Die Gharboim iss polenfraindlich, fier die Polen hott sie oalles gemacht. Aber fier die Daitschen? een schlechtes Politisches Klima in Gerrlitz."

Ursl:"Kohle hott uns vaarscht. Meen Großer hott zur Wende eene Usbildung gemacht. Do hotts oalle Betriebe noo gän. Aba meen Kleener Mitte der Nainziger ? Dän hoamm se in eene ieberbetriebliche Firma gesteckt, wo er senne Lehre machen durfte. Bloß theoretisch, und im Praktikum hott er bloß Handlangerorbeeten gelernt."
Jippi:"Sowrank:"ZTU. Die Sittenlosigkeit der Spekulanten iss heutzutage een Kompliment fier die GeschäftsLaide. Miete „Public Viewing" hoamm se sich aba vegriffen", lacht,"denn uf Englisch heeßt doas „Leichenschau" .as hotts inna DDR nieh gän."
Frank:"ZTU. Die Sittenlosigkeit der Spekulanten iss heutzutage een Kompliment fier die GeschäftsLaide. Miete „Public Viewing" hoamm se sich aba vegriffen", lacht,"denn uf Englisch heeßt doas „Leichenschau" ."
Holger:"Daitscher Fußball. Danke. Und unser Gerrlitz inna Hand von Spekulanten."
Bernhard:"Es hott sich äbn oalles geändert. Krieg iss oo normal geworden."
Katl:"IrakKrieg Sommer 1990 BRD, das war noch VOR Beitritt der DDR zur BRD, gemeinsamer Krieg ab Januar 1991 an der Seite von

USA, als die Nachricht kam, do hoamm mir im Betrieb richtiche
Angst gekriegt."
Frank:"Kein Grund zur Beunruhigung. Fier die BRD bloß eener von
vielen Kriegen, die sie in BündnisTreue miet´Usa und Nato
unterstützt. Irak iss etwa so weit weg wie Vietnam."

Roswittl:"Und danne vamitteln die eene beim Orbeetsamt an ne
TelefonLaberSexFirma, oder als Alternative soll ma ock selber so ne
Firma ufmachen, fählt bloß noch, doaß ma ufn Strich gähn soll."
Katl:"Du Roswittl, doas macht doas Orbeetsamt schon. Hoabt as im
Farnsiehn gesähn?"
Roswittl:"Und deswegen gilt der Rest der HIV-Bevölkerung NICHT
als Stützen der Gesellschaft. sondern: gilt als Nichts/Null. FroonSex
miet´Chef, um Job zu kriegen iss goanz normale HIV-Praxis in
Daitschland. Und so wolln ses oo in Gerrlitz machen. Und danne die
Stadthalle, in RTV hamse wieder im Stadtrat iebertragen. nieh
uszuhalten!"
Holger:"Die profilieren sich do. sejnn ju oalles ZTU. Labern uns voll."
Olga:"Da wirste knülle.
Fritz kommt:"Watt jeht ?!" Grüße.
Jippi:"Grieß dich Fritz!"
Fritz:"Grieß dich Jippi."
Jippi verärgert:"Haste es oo geherrt?: Landsgrund, Unser Bier, will
miet´unserem Festival Kultura Movimento nieh zusammenorbeeta."
Fritz grinsend:"Na, doas weeß mar ock. Die machen ihre eegene
Sache. Landsgrund torpediert die Kultur in Gerrlitz."
Holger:"Woas?!"
Olga:"Alle mal herheern!"
Jippi:"Nu nu ?! Doas Sommerfest am Bestdorfer See wird von zwee
konkurrierenden Vaanstaltern gemacht. Doas hotts beim Ärich nieh
gän."
Fritz grinsend:"Die wollen sich ihr Bier nieh miet´der Jugend von
Gerrlitz vasalzen."
Holger:"Aba doas gibt es ock nieh. Doas kennen die ock nieh!"
Jippi:"Das kennen sie."
Holger:"Das iss tiepisch Gerrlitz! Landsgrund sabotiert doas Festival
Kultura Movimento am Bestdorfer See. Besucher werden absichtlich
fehlgeleitet, ein großes Gemeinsames Volksfest wird somiete
vahindert."

Katl:"Nu nu?!, doas iss die Marktwirtschaft. Aba was macht denn der Fritz do?"
Bernhard:"Das iss ock unser Laptop. Fritz was macht Er denn do?!"

Fritz stellt wortlos aber sanft lächelnd beinahe grinsend den nagelneuen Laptop auf den Kaffeetisch. Alle beobachten Fritz, er wirft das Gerät an, und los geht ein Video, das Fritz mal kurz gemacht hat. Alle sind baff und hängen am Bildschirm.
"MinnaBrunnen: Das Zentrum von Gerrlitz, der Ort an dem sich in Gerrlitz was tut.." Die Stimme iss die eines bekannten Nachrichtensprechers, man sieht herrlichste Filmaufnahmen vom Brunnen mit sprudelndem Wasser und der GelbWeißen Fahne im Hintergrund." Sprecher:"So wird Gerrlitz/Zgorzelec EuroStadt.." Fritz grinst immer mehr:"Hoab zufällig n Prominenten gefilmt. Und jetze guckt maljenau hinne!" Alle gucken auf Spuorkasse Gefängnis Amtsgericht. Fritz:"Seht er doas Männl hier? Der miet´der LandesBankSachsenTüte? Doas Männl isn Wessi, us München, vom BND. Doas Heechste Tier. Dar leeft am hellichten Tag in die Spuorkasse. Wen er wohl trifft ? Guckt mal weeter," Augenblicke weiter, die Leute gucken das Video, Fritz kommentiert weiter, wen er da gefilmt hat, Fritz kommentiert weiter:" das Männl kommt miet ´dem Chef der Spuorkasse wieder heraus, ohne LandesBankSachsenTüte, und beide gähen zur Prasserei, die Kamera folgt ihnen, ein Bier trinken, beide sind ausgelassen fröhlich."
Rainer:"Ieh bin derquere. Een Rindviech kennt Ieh schlachtern!"
Katl:"Was hott denn dieses Rindviech miet´der Spuorkasse zu tun?" Sie guckt keck und lächelt
Ursl:"Da hört Scheiße auf zu riechen."
Matze:"Immer wenns gefährlich wird, kommt die Stasi."
Jippi:"Das iss ju ne Epedemie. Wie der Kreisvakehr, Kreisel, nochn Kreisel."
Katl:"Wie am Demi doas Freischwimmbad Marienplatz und die Sandkastenspiele am Helenenbad. Wie die Ochsen inna Miehle."
Holger:"Mir sejnn inner Trätmiehle. Wie meen Hamster."
Katl Gesicht verhärmt, ernst:"BND, hier in Gerrlitz? Was hecken die beeden Großen Tiere mieteeinander us ?"
Jippi:"Hott ne´olte Froo im Lodo gewonnen, sachtse:"Was soll Ieh denn miet´dem goanzen Geld?!"
Fritz:"Jetze kommts:??" Geräusch im Treppenhaus, die Treppe rauf

kommt ein WuselDerwisch Olli und Wieselkopf Heinzpeter. Alle verstummen. Themawechsel:

Rainer:"Also der naie Trähner bei 1.FC Köln.." Fritz grüßt unüberbietbar charmant alle in die Runde und verschwindet mit dem Laptop unterm Arm:"Macht´s guttl. Ieh muß los."

Matze mit BillZeitung in beiden Händen:"Der Schiri inna Championsleague war bestochen."

Ursl:"Stadthalle iss immer was los gewäsn," lacht," Faschingstreiben NORMAL ! KußFreiheit!", Ursl lacht.

Olli kommt:"Was, KußFreiheit? Was isn das?" lächelt interessiert.

"Leute, ich habe was mitgebracht: das ist ein Schnirch" und hält einen Schlüsselbund hoch, zeigt ihn reihum jeder Person und gibt ihn an die Nächste weiter. Dann nimmt er den Schlüsselbund wieder. "Ihr kennt das ju schon. Heute machen wir SubstanzÜbung ohne Sprechen. Entwickelt Kontakt-Kommunikation. Dann gehen mir wieder an die Szenen. Wir suchen Improvisation zur IdeenFindung. Habt Mut zum Scheitern ! Ich weiß, daß das", Olli hält seinen Schlüsselbund hoch, alle starren auf seinen Schlüsselbund," ein Schlüsselbund ist. Aba ICH sage Nein! Sondern das ist ein "Schnirch","der WuschelDerwisch Olli lacht verschmitzt wie ein Verrückter verschämt in die Runde,"Ich weiß, daß das verrückt klingt, dieses Wort "Schnirch" hat es im Deutschen bis jetzt nicht gegeben. Ich erfinde dieses Wort "Schnirch" gerade, und jetzt in diesem Augenblick gibt es das Wort "Schnirch" in der Deutschen Sprache" Ungläubiges aber neugieriges Schulterzucken in der Runde, Olli weiter:"und ich gebe diese Bezeichnung meinem Schlüsselbund. Das klingt dumm. Ich weiß. Aber : Laßt Euch einfach einmal darauf ein. Es ist eine KonzentrationsÜbung. Und Wir sind zum Lernen hier: wie ein Blindes Angebot, das heißt Ideen aus dem Nichts; Spontan, das heißt aus dem UnterBewußtsein, ganz einfach, instinktiv. Wir wollen jetzt Physikalisieren, das heißt, als hättet ihr einen bestimmten aber nur imaginären Gegenstand vor euch oder in Händen. Der Witz bei dieser Übung ist: Während der Gegenstand wandert, sind die 2 Spieler gezwungen zu spielen.. Sagt zu eurem Gegenüber, dem ihr den Schlüsselbund gebt:´Das ist ein Schnirch.´ Wir fangen an mit dem Schnirch", schmunzelt verschämt aber unbesorgt, daß er sich vor den Erwachsenen lächerlich macht. Die Erwachsenen wissen nicht, ob sie lachen oder heulen sollen. Sie tuscheln:

Hannel:"Schweigen und Kopf schütteln."

Ursl:"Ieh gloob, jetze iss es so weit."

Margret mit Arme verschränkt:"Nää! Do mach Ieh nieh miete."

Katl neugierig:"Du, Ieh gloob, doas issn Spiel."

Roswittl:"Ey! Der hott nimma alle Tassen im Schrank."

Die Männer:"Schweigen."

Heinrich tuschelt zu seinen Nächsten:"Ieh bin doof. Ieh weeß ju schon, woarum Ieh jäden Morgen hier in dieses Irrenhaus komme. Aba jetze: Ieh denk, Olli weeß, was er tut. Er iss PsychoFritze."

Holger feixt in die Runde, denkt laut:"Also Iche, Ieh mach ju jeden Scheiß miete." Zumal, weil wegen dem Schnirch mittlerweile jeder grinsen muß, erfolgt das Allgemeine Akzeptieren dieser KonzentrationsÜbung:

Olli:"Ich geb den Schnirch jetzt weiter an meinen Nebenmann, ja du Heinzpeter, und Ich sage dir, Heinzpeter, währenddessen, "Das iss ein Schnirch" und gibt seinen Schlüsselbund, mit dem er gerade noch ein Wildschwein angefahren hat, an Heinzpeter. Währenddessen schon hebt Heinzpeter seinen Finger wie ein Schüler in die Runde und mimt den WessiStreberSchüler, der vor allen anderen reden will.

Olli:"Ja, Heinzpeter, sag du auch mal was, Ich geb ab" Olli guckt verschämt verschmitzt, weil er merkt, daß seinen Schülerinnen und Schülern sein Unterricht Freude bereitet. Alle gucken und horchen auf Olli, dann wenden sich Alle genau so zu Heinzpeter:

Heinzpeter:"Ein Zauber, doas iss, wenn dem Regisseur oder dem Schriftsteller nischte mehr eenfällt, danne rettet er sich miete Zauberei, miet´eener Erfindung, doas iss die Göttliche Intervention, doas iss Deus Ex machina, doas iss doas Schlimmste fier doas normoahle Läbn, Literatur, Film und Theater. Denn Zauberei gibt es nieh. Nischte passiert von selbst. Jetze machen mir ock mal, woas Olli immer miet´aich trähniert" und gibt einen Gegenstand an den Nächsten mit der Aufforderung, den Gegenstand spielerisch an die nächste Person weiterzugeben. Während so der Gegenstand wandert, sind die 2Spieler gezwungen zu spielen ..

Katl:"Je besser es läuft, desto mehr schmeeßen sie die Laide noos."

Heinzpeter:"Nu nu ?! Doas iss doas Gemeene! Die Unternähmen machen RiesenGewinne, und dennoch entlassen sie große Teile ihrer Belegschaft."

Ursl:"Laide, Ieh hoabe ju doas Thäma Wirtschaft beoarbeeten sollen. Dän Text hoabe Ieh fättich. Will den jemand hören?"

Allgemeine Begeisterung. Heinzpeter begeistert:"Au ja Ursl. Bitte lies

ihn mal vor."
Ursl:"Na danne mach Ieh mal. Also, ..,

Die aktuellen Entwicklungsprobleme in der sächsischen Landwirtschaft:

Die Landwirtschaft in der DDR war auf ein planwirtschaftliches Grundkonzept gerichtet, daß die weitgehende Eigenversorgung der Bevölkerung mit Nahrungsmitteln vorsah. Durch industriemäßige Produktion in den StaatsGütern, LPG und GPG wurden hohe Erträge erzielt, die die Deckung des Bedarfs und den Verzicht auf Import von Nahrungsmitteln zur Aufgabe hatten. Die friedliche Revolution und die damit verbundene Einführung der Wirtschafts-, Währungs- und Sozialunion erfordert eine tiefgreifende Strukturveränderung in der Landwirtschaft. Die Rechstform hat sich geändert, die komplizierte Reprivatisierung des landwirtschaftlichen Boden- und Inventareigentums ist unumgänglich. Die LPG, GPG und Staatsgüter müssen aufgelöst und umgewandelt werden.
Mit der Einführung der D-Mark verlieren die Landwirte die bisherigen Absatzmärkte. Die Bevölkerung nimmt die heimischen Produkte nicht mehr ab. Sie zieht es vor aus dem überreichlichen Angebot schillernd verpackter billiger Lebensmittel aus den Altbundesländern und dem Europäischen Markt auszuwählen.. Die heimischen Unternehmer halten dem Wettbewerb nicht mehr stand. Die rasche Einführung der Marktwirtschaft macht sich erforderlich. Es geht nicht mehr darum viel zu produzieren sondern kostengünstig hochwertige Lebensmittel zu erzeugen, die den EG-normengerechten Qualitätsparametern standhalten.

Die sinkende Massenproduktion führt in Sachsen zu größeren Agrarflächenstillegungen und Abbau von Arbeitskräften. Besonders betroffen sind die Grenzstandorte im Gebiet der Sächsischen Schweiz und die höheren Lagen der Mittelgebirge. In Gegenden mit Lößboden lassen sich die marktwirtlichen Bedingung besser umsetzen. Die Flächenstillegung und die drastische Verringerung der Viehbestände sind der gegenwärtige Trend, dadurch kann die Umweltbelastung durch Nitratbelastung des Grund- und Oberflächenwassers und Übergüllung deutlich herabgesetzt werden.

Als Problem wird sich erweisen, die von der Landwirtschaft stillgelegten Flächen einer Renaturisierung zuzuführen und nicht sich selbst zu überlassen.

Von großer Bedeutung ist mittel- und langfristig die Durchsetzung umweltschonender Wirtschaftsweisen im Landbau, was den Pflanzenbau und die naturgemäße Viehhaltung betrifft.

Ein wichtiges Element des Strukturwandels in Sachsen ist die Herausbildung von Betrieben auf privatwirtschaftlicher Grundlage und die Wiederzusammenführung der getrennten Hauptzweige Pflanzen- und Tierproduktion.

Dieser Prozeß vollzieht sich in zweierlei Richtungen:
zum einen durch Umwandlung und Aufteilung der bißherigen Großbetriebe in kleinere, auf das Dorf bezogene; zum anderen durch die Entwicklung privater Bauernwirtschaften.

Von 50.000 Bodeneigentümern im Lande Sachsen haben sich rund 12.000 für die Gründung eines privaten Familienbetriebs entschieden. Der Anpassungsprozeß und die Integration der ostdeutschen Landwirtschaft in die Europäische Union werden von der Bundesregierung finanziell gefördert.

Auch die Umwandlung der ehemaligen Landwirtschaftlichen Produktionsgemeinsschaften wird unterstützt und zeigt inzwischen Erfolg.
Zusätzlich werden die rasanten Veränderungen durch vom Bund finanzierte Maßnahmen sozial abgefedert.
In Zukunft hat die Landwirtschaft nicht nur die Aufgabe der Nahrungsmittelproduktion sondern zusätzliche Aufgaben gewinnen an Bedeutung.
Das sind:
die Erhaltung und Pflege der natürlichen Lebensgrundlagen, insbesondere der Artvielfalt, des Grundwassers, des Klimas und des Bodens.
Die Pflege einer attraktiven Landschaft als Lebens-, Siedlungs-, Wirtschafts- und Erholungsraum und
die Lieferung agrarischer Rohstoffe für den chemisch-technischen

Sektor sowie für die Energiewirtschaft.

Die Bundesregierung unterstützt diese Produktionsalternative durch ein neues Förderkonzept.

Gegenwärtig demonstrieren die Landwirte in ganz Deutschland gegen die Beschlüsse der Agenda 2000. Das ist eine Reform der Europäischen Union, welche die Streichung der finanziellen Unterstützung für Rind-, Schweinefleisch und Milchprodukte vorsieht. Das würde die Bedrohung der Existenz für viele Landwirte nach sich ziehen.
..
So doas ist alles."
APPLAUS
Heinzpeter: Ursl, du bist wunderbar. Do haste dir ju so viel Arbeit gemacht. Doas iss also der Zustand der Landwirtschaft haide."
Olli:"Das iss ju, also ich bin baff! Diesen Aufsatz haste sehr gutt gemacht."
Ursl geschmeichelt und zaghaft:"Ich hab den oo noch auf Englisch übersetzt. Wenn ihr wollt, les Ieh den oo noch vor."
Holger:"Nu nu?!, mach amol. Do kennen wir gleich oo unser Englisch trainieren."
Heinzpeter:"Nu nu?!"
Ursl liest laut vor:"The development of agriculture in Saxony.

The agriculture in the GDR was directed by the planned economy, which intended the extensive self-supply of the population with food. High yields have been obtained by the industrial production in the state estates and agricultural production cooperatives, which had the function to supply the demand and to avoid the import of food.

The peaceful revolution and the following introduction of the economic- monetary- and social union required the far reaching structureal change in agriculture.

The agricultural production cooperatives and state estates had to become distrought and changed.
With the introduction of the D-Mark the farmers lost the present market outlets. The population didn´t buy the indigenous products.

They prefered to chose from the extensive supply by the coloured packed low-price food. The indigenous companies couldn´t stand the competition.

The swift introduction of the market economy is neccessary.

It can´t be done the point to produce much but to grow cost-effective high-quality food, which fulfills the high-quality precondition of the European Community.

The returned mass production leads to larger agrarian floorspace shutdowns and to the dismantling of working places in Saxony.

Especially affected are the border areas in the Saxonia Swiss and the altitudes of the highlands. In countrysides with "Lößboden" it is easier to move the conditions of the market economy.

The floorspace shutdowns and the drastic reduction of the livestocks have a positive effect on the environment. The pollution of the groundwater and surface water with nitrate and liquid manure has decreased.

The agricultural shutdowned floorspaces are a problem. They have to be removed to the nature and can´t be left to one´s own devices.

Of considerable importance is the use of ecologically friendly economic ways in the cultivation of plants and the natural stockbreeding, because the people want to feed oneself more and more with bioproducts. This economic way is very expensive, that´s why the farmers need financial subsidy from the European Community.

An important element of the structural change in Saxony is the foundation of companies on a private economic basis and also the reunion of the seperated general branches plant- and animal production.

The past large-scale enterprises are going to change and are splitted in smaller enterprises considering the village, and also private farms are going to develop.

From 50.000 ground owners in Saxony about 12.000 have decided themselves for the foundation of a private family business till now.

The adaptation of the east German agriculture to the conditions of the European union gets promotion from the Federal Governement.

The agriculture has not only the function of the food production but also additional functions gain importance.
These are: the preservation and care of the natural life foundation, especially the nature variety,
the ground-water, the climate and the soil

the care for once attractive landscape as a life-, settlement-, economic- and recreation area

and

the supply of agricultural raw materials for the chemical-technological sector as soon as for the energy industry.

The Federal Governement helps through a new promotion plan for this production alternative.

At present the farmers all of germany demonstrate against the reform of „Agenda 2000". This is a reform from the European Union, Which is planning to cut the financial subsidy for beef, pork and dairy products.

This is threatening the existence of many farmers in the future.
Das ist Alles."
APPLAUS
Heinzpeter ist außer sich vor Freude.

Ursl voll Freude laut in den Applaus hineinredend:"Also kurz: Fier die Landwirtschaft der DDR gilt die Ploanwirtschaft der EU-Agrarpolitk in Brissel !"
Holger sehr ärgerlich:"Da hoamm mir also Unsere Ploanwirtschaft fier die Airopäische Ploanwirtschaft eengetooscht!"

Matze:"Unsere Bevölkerung 1988 : 17 Millionen."
Holger:"Ich habe oo was gemacht. Ieh hoab ein Lied gemacht, doas
heeßt, Ihr kennt ock alle Laurentia. Doas hoamm mir hier ju ofte
genug gesungen.."
Katl:"Hierschte uff! Die Freiübungen, die kannste alleene machen!"
Holger lacht:"Na, Ieh hoab Laurentia ein bißl auf meene Weise
umgeschrieben."
Olli vor Staunen und Überraschung:"Mensch Holger!, ich werd
verrückt! Na, dann mach mal, wenn du wirklich willst."
Holger:" .., Nu , danne mach Ieh amol ..

Holger:Laurentia:
1.Strophe:
Vermittler, lieber Vermittler mein,
wann werden wir wieder beisammen sein,
am Montag ...
Ach, wenn es doch schon wieder Montag wär,
da freut sich mein Vermittler sehr, Vermittler sehr.
2.
Agentur, liebe Agentur mein,
ich wünsch mir´nen Job, wenn auch auch noch so klein,
Am Dienstag,
Ach wenn es doch schon wieder Montag, Dienstag wär,
ich möchte ganz schnell zur ARGE sehr, zur ARGE sehr.
3.
Arbeitsamt, liebes Arbeitsamt mein,
was ist denn hier los, ich komm heut nicht rein,
am Mittwoch.
Ach, wenn es doch schon wieder Montag, Dienstag, Mittwoch wär,
ich nehm Euch den Spass sicher ganz schön quer, ganz schön quer.
4.
Berater, lieber Berater mein,
doch der schickt mich schnell nach Mannheim rein,
am Donnerstag.
Ach, wenn es doch schon wieder Montag, Dienstag, Mittwoch,
Donnerstag
wär,
der Job vielleicht in der Heimat wär, der Heimat wär.
5.

Arbeitsamt, liebes Arbeitsamt mein,
zu diesem Angebot sage ich nein,
am Freitag.
Ach, wenn es doch schon wieder Montag, Dienstag, Mittwoch,
Donnerstag,
Freitag wär
und ich von der ARGE nicht abhängig wär, nicht abhängig wär.
6.
Vermittler, lieber Vermittler mein,
und der dreht mir ganz schnell ´ne Sperre rein,
am Samstag.
Ach, wenn es doch schon wieder Montag, Dienstag, Mittwoch,
Donnerstag,
Freitag, Samstag wär,
fluch ich ihm ´ne Weile noch hinterher, noch hinterher.
7.
Agentur, liebe Agentur mein,
zum Glück muß ich nicht auch noch heut zu dir rein,
am Sonntag.
Ach, wenn es doch schon wieder Montag, Dienstag, Mittwoch,
Donnerstag, Freitag, Samstag, Sonntag wär
und ich ab morgen Berater hier wär, Berater hier wär.“
APPLAUS
Da tritt Mario hervor und sagt, schüchtern wie er ist:“Ich habe oo
etwas vorbereitet“, und holt seine Gitarre hervor.
Mario:“Zu Beginn unseres StroaßenTheaterStückes würde Ieh
folgendes vortragen.“ Mario singt und spielt Gitarre dazu:

1.Strophe:
Ein Arbeitsloser steht vor dem Tor
Und kommt sich ziemlich einsam vor
Wohin mit seiner Arbeitskraft
Wo keiner Arbeitsplätze schafft
2.
So stehn Millionen vor diesem Tor
Und kommen sich verlassen vor
Doch malen wir dann nicht gleich schwarz
Wir haben uns´ren Peter Hartz
3.

Die Kinder sind in der Schule
Die Eltern bleiben zu Haus
So hält es eine Familie gerade mal so aus
4.
Und all ihr Leute hier im Saal
So hat ein jeder seine Qual
Doch packen wir wie jeder kann
Probleme und den Arbeitsmarkt an
APPLAUS
Mario hört zu singen und Gitarre zu spielen auf und spricht
schüchtern in die Runde:"Na und zum Schluß unseres
StroaßenTheaterstückes, also als SchlußLied, würde Ieh Strophen
1,2,3 wie Anfangslied, danne aber anderster wie folgt die 4.Strophe",
und singt und spielt Gitarre dazu:

Und all ihr Leute hier im Saal
War uns´re Reise eine Qual
Doch zieht euch warm an sagen wir
Noch ist keen Ende der Hartzreise hier
APPLAUS
Mario hört zu singen und Gitarre zu spielen auf und spricht noch
fröhlicher und noch schüchterner in die Runde:"Na und jetze zeige
Ieh aich, was Ieh zu Beginn der 2.Hälfte unseres
StroaßenTheaterstückes machen würde, also sozusoan doas
MittelLied" Und wieder singt Mario und spielt Gitarre dazu :
1.Strophe:
Ich gehe ganz allein durch meine Stadt
die Hunderte von Arbeitslosen hat
es ist sehr früh, und ich gehe hier bloß so
aber ein Gedanke dabei hält mich einfach fest,
der mich und meine Arbeitskraft nur schweben läßt,
soll das so sein?
Refrain:
doch ich weiß eines
und ich weiß, ich weiß,
ich bin einer
ich bin nur einer
ein Arbeitsloser von vielen von euch.
2.Strophe:

Freunde und Bekannte kann ich sehen
die früh am Morgen hier wohl kaum zur Arbeit gehen.
Das ist die Zeit, und jeder kennt das
also lauf ich einfach mit und lasse meinen Tag
so wie ich ihn halt heut am liebsten mag
was bleibt mir denn sonst andres übrig.
Refrain wie oben und zusätzlich Wiederholung des Refrains wie folgt:
Ja ich bin nur einer, einer , einer
von vielen Arbeitslosen
von vielen von euch.
APPLAUS
Jemand sagt:"Jetzt kann das Straßentheater kommen."

Olli sagt an diesem Tag nachmittags zum Abschluß:"Machen wa mal
Feedback! Ich fang an: GruppenKonzentration ist heute doas Erste
Mal richtich voll."
Hannel:"Immer die Frage: Kinder Ja? oder Nee?"
Rainer:"Die Reform is n TäuschungsManöver für BilligJobs."
Ursl:"Zerstörung der Familie."
Holger:"selbst Grenzen finanziell setzen."
Margret:"Alkoholismus: Gewalt gegen Froon."
Heinrich:"Probezeit als Mittel der Modernen Piraterie."
Jette:"Verordnete Armut, Abwanderung nachm Westen."
Mario:"Arbeit ohne Entgelt = Moderne Sklaverei."
Fritz:"Sozialverbrecher"
Frank:"die Neue FamilienPlanung."
Heinzpeter:"Also Iche, Ieh fands haide amol wieder sehr dolle! Und
wie ihr doas umgesetzt hoabt, doas iss eefach göttlich. Ihr seid dolle.
Und ihr könnt es. Ihr hoabt es vastanden, was aich Olli hott
beibringen wollen. Und doas macht ihr werklich dolle. Nächste bitte."
Olga amüsiert sich köstlich, vergnügt, kichert:"Wo isn meene
Brülle?!"
Alle lachen.

Gerrlitz:
Ursl wohnt in Pension: 1.Stock zum Garten. Fenster offen. Vor dem
Fenster unten auf Veranda nehmen zu Kaffeetrinkenszeit 3 Wessis
Platz: ein 24Jähriger Ehemann Abteilungsleiter; seine 23 Jährige
Ehefrau, seine Mutter Mitte 50, und seine Oma, also die Mutter seiner

Mutter 75.. Bestärkt durch applaudierendes, bestärkendes „Ja, das stimmt!" und „Das ist wahr!" und dergleichen mehr von Ehefrau und Mutter und Oma berichtet er:"Wissen nicht, was Arbeiten ist.." Ursl spitzt erstmals die Ohren, ".. Wollen nicht und können nicht arbeiten!", Ursl mit wütendem Zweifel: Doas kann ock nieh wahr sein!, lauscht weiter,"Schmarotzer Also wirklich: Die Ossis , die WOLLEN einfach nicht arbeiten! Die wollen nicht, die Können nichts aber wollen viel Geld verdienen! Die Ossis " .. Ursl wirft zwei Blumentöpfe mitten in die KaffeeVerandaTorte und auf die große schöne KaffeeKanne, ein Wüstes Trümmerfeld, 4 Wessis erschrocken, und Ursl brüllt:"Wir haben IMMER gearbeitet, Bis IHR UNS 89 die FREIHEIT gebracht habt! .. NJÄÖJ ! , die FREIHEIT GENOMMEN ! IHR WESSIPACK!"

tagsüber Ursl und Achim kommen hungrig von Wanderschaft in die Wohnung von Ursl. Beide in der Küche:
Ursl:"Ah, und jetze was essen. Oder was trinken?"
Achim:"Appetit hätte Ieh schon."
Sie guckt keck und lächelt.
Ursl:"Sangria, das heißt kleene Örtliche Betäubung."
Beide lachen wie bleede.
Ursl:"N´heeßer Koffer bin Ieh !"
Beide kichern
Ursl:"N´kleena Prietzl !"
Beide kichern wie bleede.

abends:
Ursl:"Ich guck kreuzweise nachm Kuscheln."
Achim guckt Ursl in die Augen:"Hä? Du schielst ein bißl."
Beide lachen
Ursl" Du, doas war scheen ! Und jetze kommt Schlafkiste !"
Achim:"Gähn mir in die Falle."
Ursl:"Ab in de Buchte !"

morgens:
Ursl:"Ich hoab een bißl Rochus, weil du geschnarcht hast."

"Dies ist Fernsehen Live !

Wenn Sie etwas sagen möchten, dann
Sprechen Sie jetzt nach dem PiepTon !"
Fernsehansagerin einer populären FernsehShow.

Zwischenruf aus dem Publikum:
Piep ist schon mal richtig.
Gelächter.
Noch ein Zwichenruf:
Ich kann nur was sagen, wenn ichn paar Promille in mir habe.
Gelächter.
Ich sehe was, was du nicht siehst. Ich sehe zur Zeit gerade 4 sexy
WeißSlips und ein sexy RotSlip und mache mir dazu meine
Gedanken," schmunzelt kichert albern vor sich hin,

Die Fersehmoderatorin geht beeindruckend wie ein Promistar über
die Bühne siegreich siegesgewiß grinsend mit Blick zum
Publikum:"Nun, dann wollen mer mal loslegen.
gibt rüber zu Olli Vapocha.
Olli Vapocha sagt irgendwas.
Gelächter.

Die Moderatorin schnappt sich einen aus dem Publikum.
Unter tosendem Beifall holt sie zuerst einen Mann aus dem Publikum
und führt ihn auf die Bühne.
Der Mann ist aufgeregt.
Talkmasterin sagt:"Fangen wir also an!"
Spannende Sekunden Schweigen und Ruhe.
Talkmasterin:"Dies ist Fernsehen Live !
Wenn Sie etwas sagen möchten, dann
Sprechen Sie jetzt nach dem PiepTon !"
PIEP Geräusch
Mann:"Hallo erst mal... Ich bin Hassan Ali. Das Leben ist schön.
Ich bin Hassan Ali, und komme aus Mali. Das Leben ist schön. Man
muß es nur sehen."
Moderatorin führt den Mann zur Belohnung auf die Bühne. Er nimmt
Platz
Es kommen noch mehr Gesprächspartner dazu.
wie bei Gottschall.
Die Nächste aus dem Publikum ist eine ganz dicke Frau, und die

sagt:"Ich bin Susanne Wunderlich und wunder mich."
Talkmasterin fragt:"Womit verdienen Sie ihr Geld?"

Susanne:"Das kann ich Ihnen ganz einfach sagen.. Ich muß natürlich
vieles wagen.

Ich bin Susanne Wunderlich, man freut sich öfter über mich."

BerufeRaten.
Ein Zuschauer macht Zwischenruf,
erhebt sich, der ScheinwerferSpot geht auf ihn:
"Ich kann mir denken, was Sie tun.
Das sieht man schon an den Schuhen
Sie stellen Ihren Körper selbst zur Schau, mit den Waffen einer Frau."

Spannendes Schweigen im Publikum, ratende Gesichter
Und da sagt Hassan Ali:
"Sehen Sie? Das Leben ist scheen, man muß es nur verstehenne!"

Hotel Monopol:
Am gemeinsamen Grillnachmittag am Postplatz im Altbau Hinterhof:
Ursl:"Entweder kriegen wa goanz schlechtes Wetter,
oder mir hott jemand ins Gehirn geschissen!"
Abend, das Wetter klärt sich auf, es wird auf einmal ein vollkommen
Wolkenloser Himmel.
Ursl:"Das Leben ist nicht freudlos."
Achim:"Ja."
Bernhard:"Die Steaks und die Fleischbrodel sind fättich."
Die Leute feiern und fangen zu singen an:
Die Landeskrone, die Landeskrone, doas ist ein großer Berg,
der Mensch dagegen, der Mensch dagegen, ist ein kleener Zwerg
Refr:
Und wenn Mir Lieder singen und die Gläser klingen
und der Wirt, der schmeißt uns raus us dem Haus
Was kann es denn noo scheeneres geben, Mir sind in Gerrlitz zu Haus

2.Berliner Straße, Berliner Straße, in Torga steht sein Schloß
Geberatter, den kennen mir alle, ImmoFritze bluß

3.Ju an der Neiße, ju an der Neiße, do steht ein Backsteinhaus
do fließt doas edle, do fließt doas edle Lansgruhnbier heraus
4.Die Ruhmeshalle, die Ruhmeshalle, die haben mir gebaut
doch leider leider, doch leider leider hat der Pole sie geklaut
5.Das Stübelhübl, doas Stübelhübl, doas ist ein Bumslokal
und wer do reingäht, und wer do reingäht, der ist nieh goanz normal
Die Truppe macht sich über den Grill her.
Abenddämmerung. Es ist Nacht: Sternschnuppe : Die Leute sehen!
und wünschen sich was.
Jippi:"Freibad Marienplatz. KarpfenBrunnen weggemacht 2002?"
Eierlikör geht um. Es wird lauter und ausgelassener. Fotos werden
gemacht. Man gröhlt und lacht.
Russisch:"Ja gawarju Russkji Jasuik."
Sepp kommt mit einem überdimensionalen PenisHodenDildo, den er
sich zwischen die Beine steckt, Fotos. Männl und Weibsen lachen
genauso. Zusammen bis 3Uhr morgens.

KAPITEL 4
Gerrlitz Hotel Monopol:
Holger mit nacktem Oberkörper ist wie immer Erster im Hotel
Monopol im Übungssal und läuft draußen im Hinterhof herum.
Langsam kommen auch die anderen. Sogar Heinzpeter aus Berlin ist
heute pünktlich. Heute ist auch Honsa dabei. Er ist Tscheche.
Auffallend ist seine Höflichkeit. Er ist zurückhaltend. Er sieht sich
alles an. Die Leute finden ihn sympathisch. Und besonders die Frauen
finden ihn hübsch. Schon ist er in das Kaffeekränzchen aufgenommen.
Langsam kommen alle in den Kaffeekränzchenraum:
Jippi:"Oalles, was die Lehrer mir lernen wollten, hoab Ieh wieder
vagessen. Wenn Ieh inna WMGruppe nischte Vaninftsches lernen
koann, danne bin Ieh oo nieh zufrieden miet´mir."
Ursl:"Die Krogel Meta, sie iss Ostpreußin Flüchtling in Gottgetreu:
die hott Holz gehackt, oof Feld mietgeholfen, Ernte mieteingebracht.
Danne war se zufrieden.":
Katl begrüßt den Rainer:"Na Kleener!"
Rainer begrießt die Katl:"Grieß Dich!"
Olga:"AI !" zur Begrüßung all der Leute im Hotel Monopol und

nimmt mit ihrem Häkelzeug und ihrem Strickzeug Platz.
Olli ist noch nicht da. Die Leute warten auf ihn. Wie immer.
Bernhard:"Sag amol, wie heeßt'n du?"
Honsa:"Mein Name ist Honsa."
Bernhard:"Du Honsa, was hast du fier eenen roten Kopf. Der muß ju gleich platzen."
Honsa abwehrend:"Aach, ich bin wietend."
Bernhard:"Wietend. Achso."
Honsa:"Ich komme gerade von der FachHochschule."
Bernhard:"Na und? iss doas een Grund, doaß ma wietend wird?"
Honsa's Gesicht klärt sich auf:"Ja, das ist ein Grund. Die kennen nicht das Mindeste organisieren. Polen ist ja schon schlimm gewäsn: Ich hab eine EinraumWohnung beantragt, und dann komme ich zu Semesterbeginn und die stecken mich in eine Wohngemeinschaft mit Männern, die man nur als Schweine bezeichnen kann. Die Kieche, das Klo, so sauber wie eine Mülltonne: eine Kloake. Nur dank einer Ausländerin, die sich fier mich bei der Wohnheimverwaltung beschwerte, bekam ich nach 3 Wochen mein Wohnheimzimmer. In Tschechien ist alles viel besser. Liberec ist dagegen ein Paradies gewesen. Aber jetzt in Gerrlitz", Honsa verzieht angewidert das Gesicht," so etwas von Bierokratie, schriftliche Zusagen werden pletzlich rickgängig gemacht. Deswegen bin ich so wietend. Deswegen habe ich einen roten Kopf", jetzt lächelt Honsa das erste Mal," ich bin so wietend, ich bin rudý jako krocan , das heißt, rot wie Puter", Honsa lächelt, grinst,"so sagt man auf Tschechisch."
Alle lachen.
Bernhard:"Puterrot vor Wut."
Honsa:"Ja. Das Studium wird behindert und gestört, man kann nichts planen, man gäht mit den Studenten um, als wären sie kleene Kinder, dabei sind wir alle Erwachsene. Die Wohnheime, sprechen wir nicht davon. Aber die Bierokratie. Diese sinnlose Behinderung. Sie haben alle meine Papiere. Alles ist in Ordnung.
Das Semester kann beginnen. Das Semester hat schon begonnen. Und pletzlich spielen die Professoren mit der Hochschulverwaltung varickt. Das habe ich vor dem Studium niemals gedacht, daß es so in Daitschland sein kennte. Gerrlitz. Diese FachHochschule! Ich hasse sie!"
Bernhard:"So schlimm iss es also in Gerrlitz. Sisste, du bist schon viel wenger rot. Die Wut muß raus."

Matze:"Das isses aber oo. Do soll ma sich beherrschen in Gerrlitz. Was DIE us unserer Stadt gemacht hoamm."

Rainer:"Moment amol. DIE is ju schon nieh richtich. WER hott denn 89 gebriellt, Reißt die Mauer ein! Nu nu?!, doas war der größte Teil unserer Bevölkerung.

Doaß die BRD unser Volk belogen, varraten und vakooft hott, kommt noo dazu, iss aber een anderes Thäma."

Honsa:"Wir haben so was ähnliches in Tschechien. In Prag gähen die Laide an den Schaufenstern nur vorbei. Die Waren hinter den Schaufenstern sind so teuer, so daß sich das die normalen Menschen nicht leisten kennen. Die gähen nur an den Schaufenstern vorbei und gucken."

Achim:"Die Franzosen hoamm een Wort dafier: SchauFensterLecken."

Holger:"Oh Lecken! scheene!"

Die Frauen schimpfen auf Holger. Holger grinst.

Katl:"Saga amol Honsa, woarum kannsten so gutt Daitsch? Du bist ock Tscheche."

Honsa:"No, No , Ja ich bin Tscheche. Ich habe vor dem jetzigen Studium schon einmal ein VorbereitungsSemester in Gerrlitz gemacht."

Bernhard:"Na, meene Hochachtung! So schnelle kennte ich keene Sprache lernen."

Matze mit Billzeitung:"Stellt aich mal vor, Schlesien iss die Kornkammer Daitschlands. Und doas vorm Ersten Weltkrieg! Die beste Landwirtschaft von goanz Daitschland."

Achim:"Felder, so weit doas Ooge reicht. Im Wind wie een wogendes Meer."

Matze:"Seit 45 hoamm es die Polen. Vollkommen heruntergewirtschaftet. Was sage ieh? Wiehste ! Wie hier! Und seit der Wende? Jetze rollt der Rubel miet´der Landwirtschaft in Polen. Und bei uns wars die Kornkammer von goanz Daitschland."

Jette:"Kornkammer Daitschlands, do hott er recht."

Margret:"Schlesien iss ock halb Katholiken, halb Protestanten gewäsn."

Heinzpeter:"Die Polen sejnn alle Katholiken."

Bernhard:"Was fier Tanten?"

Margret haut Bernhard.

Bernhard:"Ich meen ju bluß."

Margret:"Der Papst in Rom gibt immer so an. Aba George Bush iss Protestant, der gloobt also oo an Jesus Christus. nieh bloß der Papst."

Jippi:"Und jetze ermordet eener bei der Berufsschule seine Mutter, überschüttet sie miet´Benzin und zündet sie an."

Schweigen und Fassungslosigkeit. Keiner weiß etwas zu sagen. Die Frauen hören auf Karten zu spielen. Alle wissen es. Es ist Stadtgespräch.

Heinrich:"In den Medien iss es goanz schnell totgeschiewgen worden. So etwas wird totgeschwiegen. Mir hoamm ju Aufschwung. Doas sollte ma mal den Indern erzählen, doaß in Daitschland een Sohn seine Mutter bei läbendigem Leibe vabrennt. Do broochen die Inder gor nimma Minderwertigkeitskomplexe hoamm, wenn sie ihre Froon vabrennen."

Heinzpeter:"Es iss bloß kurz durch die Medien gegangen."

Matze legt BillZeitung beiseite:"Das wär ock nu werklich was, wo der Papst was tun mießte."

Jippi:"Beim Erich hotts doas nieh gän."

Rainer:"Reibungsvaluste."

Jippi:"Haide spricht ma schon wieder vom Ufschwung."

Achim:"Haß! Haß! Haß! Reichstag alle an die Wand und Kalaschnikow, danne Reichstag sprengen."

Rainer:"ScheißStasiStaat in BRD-Scheiße eengetooscht: Jetze ist es weet schlimmer als zuvor."

Margret:"Herta Heine, Sie ist eene Daitsche Journalistin inna Weimarer Republik. Die hott in Siedfrankreich in eenem Kloster den Abt gefragt, wie die Menschen im Christlichen Mittelalter solche Bestien werden konnten, doaß sie Scheiterhaufen anzünden. Der Abt hott gesoat, doaß die Gehirne der Menschen, die sich Scheiterhaufen ausgedacht hoamm, bis haide diegleichen geblieben sejnn."

Roswittl:"Ach, die Margret arzeelt immer n varicktes Zaich."

Margret:"Die Journalistin ist danne bei Hitler im KZ gestorben."

Schweigen

Heinrich:"Sohn ermordet die eegene Mutter. Doas Ende der Kultur."

Holger:"Die Politiker hoammn Schuß nieh geherrt."

Roswittl:"Das wär ock nu werklich was fier den Papst. Die Katholiken werden oo haide bevorzugt genieber den Protestanten. Guckt bloß in die BillZeitung. So viel, wie ma jetze vom Papst liest. Die Katholische Kirche dominiert in Airopa."

Heinzpeter:"Katholische Kirche iss sehr stark in den Medien. Do haste recht. Aba Ieh finde, die läßt sich genauso gutt instrumentalisieren wie die Schwulen, nu?! wie jede Randgruppe."

Rainer:"Die Bathory, diese sadistische Lesbe und die goanze VampirLiteratur war eenzig und alleene een MedienFeldzug der englischen LiteraturPolitik gän die Katholische Kirche. Hippies und Woodstock goab es bloß zur Ablenkung."

Heinzpeter:"Der Westen hott den Völkermord der User gen Vietnam unterstützt. Und als Ablenkung Beatles, Rolling Stones. Der Westen zelebriert Hollywood zur Vaherrlichung von Mord und Totschlag, eenschließlich Teufelsanbetung. Ma macht die Sittenlosigkeit zur Religion. Der Sinn und Zweck von Hollywood iss die Anbetung des Geldes. Scientology-Kirche. Ma will die Kinder zum Kapitalismus erziehen. Ma macht sie geil auf Geld. Die jetzige Rap-Kultur iss miet ´ihrem äußeren Erscheinungsbild im Grunde eene Verherrlichung des kriminellen Bandenwäsns, Kinder und Jugendliche spielen Krieg, Und dabei hott dies bloß Eenen Sinn: Die Verherrlichung des Kapitalismus als Anbetungswürdige Instanz. Warum wird in Hollywood jeder schlimme GewaltVabrecher zelebriert? Todesstrafe gibt es nur, weil ma do etwas von eenem angeblich allgemeinen Reichtum eener erstrebenswerten Gesellschaftsform erahnen kann. Bloß deswegen, um so zu tun, als gäbe es allgemeinen Reichtum inna UsaGesellschaft. Dabei iss der BevölkerungsTeil an der Grenze zur Armut in Usa höher als in ALLEN Staaten WestAiropas. Die Polen sejnn do goanz anderster. Die hoamm immer bloß die Katholische Kirche gehoabt, die ihr Volk zusammengehalten hott."

Matze:"Do muß Ieh ann´ Ersten Weltkrieg denken. Reparationen, 1 Million Hungertote in Daitschland. Danke Versailler Diktat. Und katholisch? Kurz vor der Ernte hoamm die Polen die Felder in Schlesien abgebrannt, am Ende des Ersten Weltkriegs. Die Polen hoamm den Froon die Brüste abgeschnitten, als die Uno Westpreußen von Daitschland abgetrennt hott."

Rainer lacht:"Die Uno. Du meenst Völkerbund die SchwätzerStube."

Matze:"Die Polen? Danke. Jetze wißt ihr, woarum Ieh die Polen nieh lejden kann."

Heinzpeter:"Sowas hoamm nieh alle Polen gemacht."

Hannel schmeißt ihre mitgebrachten Schnitten mit Worscht und Käse weg.

Holger:"Jetze schmeeß ock nieh doas gutte Essen weg! Doas iss keene

Moral.“

Rainer:“Tortenschlacht, doas iss UsaNiveau. Wißt ihr, wann die erfunden wurde? und zwar genau danne, als doas OrbejtslosenÄlend nooch däm 1.Weltkrieg erschreckende Ausmaße angenommen hotte und doas Älend in dän Fabriken am Greeßten war: In den 1920ern in Usa, in den Flotten 20er Jahren.“

Olga:“Ieh gäh was einholen.“

Achim:“20er Jahre. Mode: Froon ohne Büstenhalter. OberKleidung Seide geil.“

Olga:“Meene Mutter hott niemals in ihrem Läbn eenen Büstenhalter getragen. Oder Korsett oder so eenen Scheiß!“ Olga schnappt ihr Häkel- und Strickzeug und Einkaufstasche und ab.

Achim wird puterrot vor Scham.

Holger:“Och Seide! Olga in Seide! Is ja niedlich!“ und gröhlt.

Roswittl:“Es kotzt mich an! Der Holger immer miet´seinen schweinischen Bemerkungen!“

Hannel:“Der Holger ! Dieser Arsch! Der kotzt mich schon lange an!“

Achim:“Hab ich was Falsches gesagt?“

Bernhard:“Jetzt hast du sie aber schockiert.“

Heinrich:“Achim, du hast gor nischte Schlimmes gesagt. Und du, Holger genauso wenig. Aber die Frauen hier! Die spinnen alle!“

Katl:“Oder sie muß mal aufs Klo.“

Holger:“Miete Strickzeug und Einkaufstasche!“, schlägt sich an den Kopf,“ Biste bleede ?!“

Man hört die Klotür knallen. Olga zurück in Tür zum Saal:

Olga mit in die Hüften gestemmten Händen:“Also ´s Klo sieht j´amol wieder us zum Davonloofen!“

Alle gucken sich an, besonders alle Frauen gucken sich an.

Holger:“Kannst ja zu uns kommen, ufs MännerKlo“, kopfschüttelnd,“die Frauen hier, einfach eeklich!“

Olga:“Nej, Ieh kann ooch im Busche lullern.“

Holger:“Im Busche !? Miet´der Einkaufstasche!“

Olga im Hinausgehen zeigt Vögelchen, “Hat der Alzheimer?!“ und ab.

Frank:“Der Finnische StarRegisseur Aki Kaurismäki soat, in Usa, den Staat der PlastikMonster, wird er Zeit seines Läbns nieh eenen Fuß setzen wollen.“

Honsa:“PlastikMonster? Haha! Wie bitte?“

Katl:"Du, doas iss pralle Brüste us Plaste."
Honsa:"Ich verstähe. Silikon", grinst über beide Backen.
Matze:"Also pralle Brüste find Ieh geil."
Bernhard:"Du, do gab es inna BRD ock diesen schwulen Fassbinder.
Hott der nieh oo miet´Kaurismäki ..?"
Frank:"Fassbinder iss BRDRegisseur, iss durch Ignatz Bubis und den
Frankfurter Häuserkampf beriehmt geworden. Durch Literatur 1973
Gerhard Zwerenz: ´Die Erde ist unbewohnbar wie der Mond´ machte
er daraus 1974 doas Theaterstück: ´der Müll, die Stadt und der Tod ,
1975 Vafilmung durch Daniel Schmid ´Schatten der Engel´. Doas
Theaterstück hott inna BRD wegen Öffentlichen Protesten niemals
aufgeführt werden dürfen. Die Öffentlichen Proteste sejnn vom
Zentralrat der Juden, und der repräsentiert immerhin die 1%
Jüdischen Anteil an der BRD Bevölkerung."
Achim:"Fier Strauß ´illegale Waffenlieferungen an Israel während
SechsTageKrieg und fier doas Geheim Dienste und Bundeswehr
Debakel München 72 will ma Fakten schaffen. Wie 1975 mit den Sex
Pistols und Sid Vicious."
Bernhard:"Kenne Ieh nieh."
Fritz:"Der iss ock miet´eenem Hakenkreuz rumgeloofen."
Achim:"Was besseres konnte Usa gor nieh passieren. Do konnten sie
BRD wieder an den Juden aufhängen, wie schlimm die Kzs waren,
und daß deswegen die BRD haide an Usa´s Seite Krieg fiehrt."
Frank:"The great RocknRollSwindle. Hoabt ihrs gesähn?!"
Katl:"Daitschland war ock in Vietnam gen Usa. Jedenfalls die DDR.
Usa in Vietnam, doas hoamm mir kennen in den Mädien genau
mietvafolgen."
Bernhard:"Die BRD hott ock oo immer miet´Israel zusammen, äh.."
Frank:"Hausbesetzungen Frankfurt Main vateufelt, ma durf nischte
gen Juden soan, oo wenn die meisten Hooseegentiemer im Westend
Juden sejnn. Fier Fassbinder iss es im Grunde een gutter MädienTrick
gewäsn, um beriehmt zu werden, ma muß sich bloß miet´dän Juden
anlegen."
Achim:"Iss es nieh zur selben Zeit, doas heeßt 1975 bis 1980, daß ma
den Term "Holocaust" erfunden hott fier die Judenvernichtung
Hitlers bis 1945 ? Ma kreiert den Term "FeuerSturm=Holocaust" fier
die JudenVernichtung im III. Reich, um die Dresden Zivilen
BombenOpferZiele nochmal zu töten = genial
Ma kreiiert Punk Musik, weil sie sich mit den Seilschaften der

Biergerlichen Gesellschaft anlegt: do sejnn noo Rechnungen offen, mit der Wut gen die Biergerliche Gesellschaft und ma duldet diese Revolutionäre Musik wohlweislich, um sie mittels Vaunglimpfung der Juden als NICHT SALONFÄHIG festzuschreiben und folglich oogenblicklich mittels eener Massenschlägerei zwischen Punks und Ausländern die Polizei fier die Ausländer Partei ergreifen zu lassen, um eene NEUE PunkMusik zu kreieren, um sie sich salonfähig und als gutte im grunde kritiklose Konsumenten auf dem SalonSofa halten zu können. Haide, wo sich Sid Vicious nimma wehren kann, macht ma ihn zu eenem stolzen normalen Briten, een Engländer, der niemals etwas gen Großbritannnien und die Queen hotte, een Engländer, der een bißl eegen gewäsn iss, und äbn tiepisch britisch die Freiheit der Jugend vakiendet. Im Grunde een armer Junge. Vazeihen mir ihm und singen mir een Hoch auf die Queen. LeichenFledderei feinsten Stils."
Einige unwissende Blicke um Achim.
Achim: Sid Vicious, äh Punk, kennt ihr ock! Äh."
Schweigen und Unverständnis
Achim:"Ma koppelt "Greuel" und "Nazi", sucht gekoppelt mit eenem Anlaß, den ma an den Haaren herbei zieht, und schon hott ma die Massen der Journalisten der Welt dazu vapflichtet, sich darieber die Finger und Hände wund und blutig zu schreiben, Journalisten, die danne deswegen keene Zeit mehr hoamm, sich um Greuel vor ihren Oogen und inna Gegenwart zu äußern."
Bernhard:"Als gäbs kee andere Gewalt uf der Welt wie Nazi Hitler. Doas iss äbn die Macht der Mädien."
Hannel:"Wietend werd Ieh doa! Film und Farnsiehn, wenn Ieh doas schon heere! Kißchen hier und Kißchen doa! D Männl sejnn ock haide so friedlich und liebenswert in Daitschland! Doa gähn die Urschlecher von Filmregisseeren aba blind durch die Werlt !"
Holger:"Wie friedlich Männer und Froon haide im Farnsiehn mietesamm umgähn. Vollkommen anner Realität vorbee. Mädchen und Froon arlejden von Männern keenerlei Gewoalt in Film und Farnsähn. Frieher hoat ma gezeegt, wie die Froon Priegel kriegen. haide sitt ma es gor nimma im Farnsähn."
Roswittl:"Deswegen existiert es nieh."
Margret überzeugt, eine große Verbesserung zu verkünden:"Gewoalt gäjen Foon? Du, Hoosverbot gibt es fier dän Moann, wenn er senne Froo schlägt. Doas iss Gesetz. Doas iss vülle besser wie frieher."

Frank:"Hoosverbot Gesetz gibts erscht seet 2002."
Achim:"In der BRD mußte die Ehefrau, wenn sie fier sich een Konto
bei der Bank eröffnen wollte, ihren Ehemann um Erlaubnis fragen.
Doas war Gesetz bis 77."
Ursl:"Sowas hott es inna DDR nieh gegeben. Ich hoab 1975 seit
Anbeginn unserer Ehe een eegenes Konto eröffnet."
Frank:"Gewalt gäjen Frauen hott inna BRD seit der Wende 1990
stark zugenommen, die Wende war also eene Verschlechterung für die
Frauen."
Achim:"In der BRD iss es goanz normal gewäsn, daß Froon von ihren
Ehemännern geprügelt werden, daß Kinder, grundsätzlich Mädchen
mehr als Jungen von ihren Eltern geprügelt werden. Doas hott noo
niemandem geschadet, so hott ma in BRD immer gesoat. Deswegen
wundere Ieh mich so ieber heutige Vafilmungen, wie scheen doas
Wirtschaftswunder inna BRD gewäsn iss."
Holger:"Tradition, Vagangenheit, Realität Vollkommen
ausgeklammert. Vollkommen an der Realität vorbei."
Heinrich:"Da iss die goanze Ufklärung fier die Katz."
Rainer:"Wozu Ufklärung, wenn die doa oben doas Denken schon fier
uns besorgen. Oo die Ufklärung mechte abgesprochen sejn. Gloobt ihr
etwa im Ernst, doaß die Mädien seit der Wende inna BRD frei aus den
Palästinensischen Autonomiegebieten berichten? Do wird jäder
Journalist getötet, der unangemeldet Israelische Sicherheitskräfte
filmt. Doa kennten se Tausende Zivilisten ermorden, der Westen
akzeptiert so etwoas. Sollen ock die Palästinensischen
AutonomieGebiete komplett bombardieren, oalles ausleschen."
Matze:"Du, doas kann sich Israel nieh leesten. Ufklärung. Freie
Presse. Die Weltöffentlichkeit. Die kennen nieh eefach so die Laide
zusammenschießen."
Rainer:"So? Kennen se nieh? Palästinensische Gebiete sprechen
doagäjn."
Achim:"Was wolln die Israelis mehr. In den Palästinensischen
Gebieten hoamm sie die Palästinenser im Ghetto."
Rainer:"Und wenn sie protestieren, danne wird äbn geschossen."
Achim:"Babykiller, Snipers in Bethlehem."
Heinzpeter:"Ieh doachte die gibt es bloß in Florida."
Rainer:"Und Matze: Du miet´denner Welteffentlichkeit. Weeßte, woas
Napoléon ieber Voltaire, Friedrich dän Gruußen und die goanze
Ufklärung soat? Die gesoamte Philosophie und DemokratieGerede:

Doas broocht im Ernstfall niemoahls von eener Kriegfiehrenden Nation oder von ihm selbst Napoleon gefierchtet werden, sondern ma setzt sich darieber miet´Bomben hinwäch, zumal iss all diese Ufklärung bloß eene Religion der Massen, eene Mode in Airopa, der ma sich als kriegsfiehrende Nation, die uf nischte Ricksicht nähmen will, wuhrlich zu Manipulationszwecken bedienen sollte. Siehe Konkordat miet´däm Papst. Doas iss zwoar gäjen die Ufklärung zu jäner Zeit, aba die haidige Toleranz genieber oallen Religionen und Sekten macht doas Konkordat Napoleon´s zu eenem Ufklärerischen Akt. Woas gelernt hoamm mir ju oo hier inna DDR. Fier Napoléon sejnn Journalisten eefach unnitz. Konform, na wenn es sejn muß, danne äbn staatskonformes ScherbenUflesen durch Laide, die sich doas Schreeben leesten kennen. Immer bloß Scherben ufläsn.“
Matze:"Soat bloß nischte gäjen meene BillZeitung. Die iss oo nieh schlechter als alle andern.“
Draußen fährt den Schutzhelm auf dem Kopf jemand mit einer Simson in den Hinterhof, drinnen hört man das Moped. Die Leute spitzen ihre Ohren. Es ist Sepp, der Hausmeister vom Hotel Monopol .. er eilt herein und bringt wichtige Information mit fiebrigem Blick drängt er den Leuten ein Blatt Papier auf:"Hier, heert moal her! Hier een wunderbares Zitat, doas poaßt uf George Bush wie die Foost ufs Ooge. Ieh läs aich amoal vor: in Scholl-Latour `Allah ist mit den Standhaften´ Ullstein Frankfurt Main 1985 zu läsen, soagt Ben Bella, een Veteran der Algerischen Revolution, 1981 in Paris ieber die Unabhängigkeit Algeriens:"Das Nord-Süd-Gespräch
 1981 Paris, Ben Bella :"Das Nord-Süd-Gespräch ist eine große Täuschung .. Auch das Gerede vom Technologie-Transfer verschleiert nur neue Formen der Ausbeutung der Unterentwickelten durch die Industrienationen. Wir sollten erst einmal eine semantische Frage klären. Was heißt überhaupt Entwicklung? Das Wort selbst ist verdächtig geworden. Aus dem Bruttosozialprodukt macht man einen Götzen. Die hemmungslose industrielle Entwicklung, der ich selber einmal angehangen habe, ist dabei, den Norden zu verseuchen, und der Süden bleibt zur unerträglichen Abhängigkeit verurteilt.“

Sepp verschwindet für seine Arbeit
Holger:"HIV iss wie Sprengstoff.“
Achim:"SIDA. Frankreich hott 1980 doas Copyright der Seuche, Usa hott es danne bloß gestohlen und was anderes drausgemacht.“

Oma Olga kommt wieder mit voller Einkaufstasche und Häkel- und Strickzeug unterm Arm.

Bernhard:"Mensch Olga! Was treibt dich denn hier her!"

Olga:"Mensch Bernhard, Was machstn Du hier?"

Man macht ihr Platz, und sofort holt sie ihre Zukunftskarten hervor.

Matze:"Und Olga, was gibts Naies?"

Olga:"Ma ärgert sich, doaß oalles tairer wird. Jetze kostet die Milch fast ne Murk. Zähn Eier kosten ne Murk20. Nej is doas taier geworden!"

Holger brüllt vor Lachen auf:"Die Olga soat miet´eener Selbstvaständlichkeit "Murk" zu Airo, doaß Ieh mich vor Lachen zerfetzen kennte. Hottses immer noo nieh begriffen. Olga! Mir hoamm Airo. Murk is nimmer."

Rainer:"Airo iss DMurk, bei Grundnahrungsmitteln und vielen Produkten des alltäglichen Bedurfs."

Olga:"Is ock egoahl, wie mas nennt."

Holger giftig stinkig:"Hamwa dieses Scheeß Ährenamt, bloß domiet ´uns der Biergermeester woas ins MuttiHeft schreeben kann !"

Achim:"Was bringt die Tschechen 1945 dazu, so schlimm gen die Daitsche Bevölkerung vorzugähn?"

Honsa:"Partisanen aus Slowakei!, die Tschechen sind das nieh gewesen. Slowakische Partisanen durch die Dörfer zb Landscron."

Achim:"Nu nu?!, Landscron. Aba Karlsbad?"

Honsa:"Karlsbad? Ich weiß es nieh. Wahrscheinlich ParaMilitärische Gruppen aus Tschechen UND Slowakischen Partisanen."

Achim:"Aba: Woarum gab es soviel Hass!"

Matze:"Wills wieder keener gewäsn sejn. Nu?!, was iss denn miet´den BeneschDekreten?!"

Honsa:"Offiziell sagt die Tschechische Regierung: BeneschDekrete sind nicht mehr aktuell beziehungsweise sind erlöscht. Aber das stimmt gar nicht, im Falle, daß die BeneschDekrete offiziell korrekt abgeschafft werden. Ein klares Beispiel: Kinsky in Argentinien hat schon 2 Wälder erfolgreich nach Tschechischem Recht erworben. Er hat noch viel mehr Ansprüche gestellt. Seine Forderungen gähen in die Milliarden AIRO. Diese Ansprüche konnten nur wegen der BeneschDekrete abgelehnt werden. Anders als in Polen: In Polen gäht es um Territorium/Land."

Matze:"Es iss ock immer doas gleeche. Miet´Gesetzen begründet ma doas Unrecht. Und danne sähn mir mal eefach die Frau Professorin

Gharboim! Unterschlagung vom Feinsten."

Ursl:"Und der Stadtrat miete Helenenbad: ´Haste mal ne Murk?´, wie die Bettler !"

Achim:"Almosen für die Armen."

Heinrich:"Doas iss schon im Mittelalter so gewäsn. Gerrlitz läbt vom Mittelalter. Mittelalter, doas iss scheene!"

Frank:"Oder Frau Professorin Fo von der FachHochschule. Na, doas macht sich gutt, eene Fidschi als Dozentin zu hoamm. Und wenn sie Unterschlagung macht, danne sejnn doas Reibungsvaluste. Wie bei Mehlbrot."

Ursl:"Da hott er ne Schoote rausgehauen !"

Alle lachen grimmig.

Frank:"Kapitalismus äbn. Und die Politiker vastecken sich hinter dem Slogan: Gäjen eene Froo koann ma nischte soan: Mir hoamm ju die Gleechberechtigung. Ma durf ju nischte gäjen Usländer soan. Froo Professorin Fo iss in Gerrlitz bekannt. Na, doas macht sich gutt, eene Fidschi als Dozentin zu hoamm."

Holger:"Die iss ock gor nieh aus Fidschi. Die iss aus China. Oder Japan? Die sähn alle gleich aus. Schlips und Kragen, und jetze oo schon die Froon. Wie de Nerkel. So was von häßlich!"

Matze:"Die iss eene von uns."

Holger:"Na und? Sie varät ihre eegenen Laide."

Honsa:"Ich habe eine Hitze. Darf ich mal das Fenster aufmachen?" Die andern Schulterzucken.

Bernhard:"Mach doch, wenn du willst."

Honsa im Aufspringen und während er zum Fenster eilt, lacht laut:"Hitze! Das ist auch ein Wort bei uns in der Tschechischen Sprache!"

Ein fröhliches Lächeln breitet sich über die Gesichter.

Holger:"Ey, do kenn Ieh n Witz: Soat Eener zum andern „Na, Urloob gehoabt!?" soat der andere:"Was? Sie?" soat der Erste:"Nee, Er!"

Katl:"Und haide soll es normoahl sejn, die Usa am Hindukusch zu vateidigen."

Rainer:"Usa? Du meenst: die Freiheit."

Matze:"Keen Soldat in BRD gezwungen zu Uslandseinsatz."

Bernhard:"Da sejnn also die Daitschen in Afghanistan nischte wie BerufsSoldaten?"

Rainer:"Die Greueltaten der Usa in Vietnam, über den Genozid rädet haide keener mehr. Oder nimm die Greueltaten der Israelis. Immer

räden se bloß von Adolf."
Honsa lacht:"Der Adolf."
Achim:"Die Briten in Indien. Den Froon des Harems Käfer in die Vagina stecken, die sie von drinnen auffressen, daß sie vabluten. Der Mogul hott danne ufgän und sich den Kolonialisten ergeben. Aba davon spricht heut keener mehr. Jedenfalls nieh die Inder."
Rainer:"Na die wollen sich ju nieh ihre gutten Wirtschaftsbeziehungen kaputtmachen."
Matze:"Vadrehung der Tatsachen, Vadrehung der Realität. Wäm soll doas nutzen? Der Weiblichen Bevölkerung der Erde? Werbung fier Usa iss doas. nischt anderster, als doaß ma die Tatsachen vadrähn koann."
Achim:"Fräulein iss Sexismus. Und Sexismus iss Rassismus. Und von Rassismus hoamm mir Daitschen ock eegentlich die Nase voll, oder? In Frankreich und BRD iss inn´ 80ern „Fräulein" inna Geschäftswelt obsolet, doas heeßt altmodisch und abgehakt worden. In Frankreich hott ma doas Unwort „Fräulein" sogar in Gesetzesform geächtet. Nu?!, doas iss vor beinah 20 Jahren gewäsn, vor eener Generation also. Und haide will ma die Froon wieder an den Rassismus gewöhnen."
Katl:"Heinrich, kennen mir mal Zitronentee machen?"
Heinrich:"Achim, haste Zitronen dabei?"
Achim greift in Ildi Tüte:"Ih, wasn hier drin?" und zieht vollkommen vergammelte braune Bananen hervor.
Bernhard:"Neger Pimmel!"
Alle lachen.
Olga:"Pimmel soat ma nieh. Pfui Deiwel! Schlesien hoamm sie aus unseren Gehirnen gestrichen. Laut Stadtratsitzung wird in Zukunft miete Bildung eenes Naien Landkreises uf jäde Bezeichnung wie Schlesien oder Schlesisch, wie sie es im Niederschlesischen Oberlausitz Kreis aba machen, vazichtet, und doas soll Dämokratie sein. Kinftig wern mer bloß noo Folklore wie die Zigainer machen derfen. Und danne jecht mar uns wech."
Honsa:"Den Zigainern hat man im Sudetenland die Daitschen Häuser gegeben !"
Matze:"Die Zigainer hoamm die Häuser im Sudetenland nieh gebaut. Die soll ma nausschmeeßen und die Haiser und Städte den Daitschen zurickgäben."
Honsa:"Wenn schon danne den Eesterreichern meinste sicher, Aba du hast recht: Alles ist verwahrlost. Zigainer haben keinen Sinn fier ein

eigenes Haus. Das mießt ihr so verstähen: Der einzige Beruf, den Zigainer lernen, ist Diebstahl."

Matze wütend:"Brünn, Iglau, Reichenberg, Karlsbad, der goanze BergBau, seit 500 Jahren. Es heißt ock:´SudetenDAITSCHE´. Do will ma also die Daitsche Kultur auslöschen. Zigainer hin, Zigainer her, die Tschechen sejnn ock nieh besser."

Honsa unbehaglich:"Die Tschechen mußten die Daitschen vertreiben, weil sonst ein einheitlicher Tschechischer Staat nicht möglich gewesen wäre."

Rainer:"Na doas iss ne Logik! Den Niederschlässchen Kurier wollen sie oo umbenennen."

Alle ernst:"Was?"

Rainer besänftigend:"Noch nieh. Aba doas iss bloß eene Frage der Zeit."

Achim:"Rassenhetze."

Olga:"Die Politikerinnen in Berlin sejnn oo nieh besser. Felsbach, wenn Ieh die schon heere! Die angeblichen SchlesienPolitiker in Berlin, ohne Niveau, doas iss ock keen Niveau, der Politiker hott keen Niveau! Ihre Schweinereien sejnn genauso widerlich wie Porno! Pfui Deiwel!"

Holger:"Olga räg dieh nieh uf, Du hoast den 2.Weltkieg mietgemacht, Dräsden, und die Flucht, Du hast 5 Kinder gekriegt und miet´demm Ehemoann, der sonst zu nischte toogte, een Hoos gebaut. Danne haste ihm den Loofpaß gän, do biste schon Rentnerin gewäsn, Du hoast denn Läbn vagaidet miet´diesem Ehemoann, Du hoast die wunderbare Wende mietarläbt und gesähn wie die Familien zerbrochen sejnn an der Freiheetlichen Ploanwirtschaft der BRD. Du hast bei der Nerkel doas Kotzen bekommen und heerschste eefach nieh uf zu motzen. Räg dieh nieh uf!"

Olga lustig:"Alldieweil die do oben so eenen Mist vazapfen. Do koann ma ju nieh ruhig bleeben."

Holger:"An der Nerkel, der ZTU und an unserm System wirste nischt ändern kennen."

Olga trotzig:"Woarum?!" Olga ernst.

Roswittl:"Olga, du durfst nieh Woarum fragen, sonst wirste bleede in diesem Staat."

Olga:"Woarum? Woarum ieberhaupt?!"

Bernhard:"Nu nu?!, Olgas herzhaftes Woarum? So hott sie als kleenes Kind immer die bestähnden Zustände kritisiert."

Olga:"Ich bin Evangölisch. Nu nu?!, sejnn denn die Damen und Herren in Berlin Göttinnen und Götter?! Doas wär ock Blasphemie! Doas anzunehmen, iss Blasphemie. Was bilden sich diese Herrschaften ein!? Und deswägen durf ma diesen Herrschaften ufde Finger kloppen! Meen Exmoann iss Katholisch, der ist Katholik. Do hott die Katholische Kirche frieher goanz recht gehoabt, daß sie Heirat zwischen beiden Religionen vaboten hott. Als Ieh wägen der Kinder meenen Festen Orbeetsplatz bei der UP ufgän hoabe .. Nu nu?!, do hoab Ieh noo an unsere Ehe gegloobt. An ihn. Doaß , wenn er irgendwann einmal gesund werden würde und dann, wenn er gesund iss, richtich orbeeten kann, fier uns, fier unsere Familie, und daß er dann da ist für uns, für unsere Familie .. Und daran hoab Ieh gegloobt! Miet´eener Begeisterung! Von Anfang an war er krank. Von der Kriegsgefangenschaft, wo er fast verhungert wäre. Die ersten Jahre haben wir in wilder Ehe zusammengelebt. Bis das erste Kind kam. Von Anfang an habe ich ihn gepflegt. Selten wurde er mal so gesund, daß er für kurze Zeit arbeiten konnte. Es dauerte nicht lange, da ist er wieder so krank gewesen, daß er nicht mehr arbeiten konnte. Nach 10Jahren Ehe, als alle Kinder dawaren, ist er endlich gesund geworden und hat endlich regelmäßig arbeiten können. Aber plötzlich, wos ihm endlich gut ging, da war er für die Famile plötzlich nicht mehr zu sprechen. Da hat er sich lieber bei seinem Bruder, unserem Vermieter, rumgetrieben. Da konnte er alle Sorgen der Familie vergessen, um die er sich sowieso noch niemals gekümmert hat. Und wie zuvor habe ich plötzlich wieder alleene dagestanden, mit allen Sorgen! Die ganzen Krankheiten der Kinder. Wie man sie ernähren soll, wenn man den Groschen zweimal rumdrehen muß. Ein Paar Schnürsenkel war eine Katastrophe, genau für dieses Geld mußte man dann am Essen sparen. Und er? Er hatte von diesen Sorgen keine Ahnung, wenn er als Handelsreisender Montag bis Freitag weg ist. Und wenn ich ihm dann von den Sorgen der Familie erzählt habe, da wollte er von nichts wissen, weil er ja jetzt sein freies Wochenende wie immer habe und nicht arbeiten muß. Aber ich konnte 24Stunden am Tag 7Tage die Woche alle Sorgen alleine tragen!"

Holger:"In der BRD waren Froon äbn immer bloß HAUSFroon, inna DDR waren Froon immer erwerbstätig."

Olga:"Ab unserer Heirat 53 hott er mir den Umgang miet´meenen Frainden von der UP in Frankfurt Main vaboten, alle meene Kollegen und Kolleginnen, ..., Du und doas war goanz normal inna BRD, doaß een Ehemoann sowas gemacht hott. Und haide wolln se die Vagangenheit scheenreden. Es gab ju niemals Schläge vom Ehemoann. Nach 4 Kindern hoab Ieh mir doas aba nimma gefallen lassen. Drei Selbstmordversuche hoab Ieh hinter mir, der letzte 75 . Danne hoab Ieh mich scheiden lassen, als Ieh Herzinfarkte bekam und Rentnerin wurde.“

Holger:“DAS iss doas DOLLE BRD Läbn. Wie die Kommunisten in den 50er und 60er Jahren in den BRD Gefängnissen vaschwunden sejnn. Do herrt ma nischt von. Mir sejnn ju BRD.“

Olga:“5Millionen Bevölkerung Schlesien. Die Männer sejnn an der Front. Dreieinhalb Wochen vor der Bombardierung hott die Wehrmacht Schlesien ufgegeben. Der Weg in die Sicherheit gäht ieber Dresden. Der winzige Teil, der bleibt, das werden später die sogenannten Vertriebenen, die unter Polnischer und Sowjetischer Herrschaft in Schlesien lange nach Kriegsende aus Schlesien rausgeschmissen werden, und diese Wenigen, die im Januar 45 bleiben, das sind nur manche der ganz Alten, die trotz zu erwartender Sowjetischer Herrschaft lieber in der Heimat sterben wollen als in der Fremde, und das sind die, die nicht flüchten können, wie zB Mütter mit kleinen Kindern oder Schwerkranke Bettlägerige. Bis zur Bombardierung ist bis auf diesen winzigen Bevölkerungsteil Schlesien leer und die Bevölkerung schon in Dresden. Die Bombardierung von Froon und Kindern, Kranken und Greisen, Und doas sejnn MIR FLÜCHTLINGE.“

Rainer:“Massaker an Flüchtlingen!“

Olga:“200.000 Registrierte BombenTote. Hauptsächlich die Schlesischen Flüchtlinge.“Bernhard:“und ooch die Dräsdner Bevölkerung.“Olga:“Natürlich die, wer denn sonst!? Die Heimat von Adenauer iss Bonn. FLÜCHTLINGE iss doas Reizwort wie Schlesisch, doas die ZTU fierchtet wie der Deiwel doas Weihwasser! Adenauers ZTU hott bloß eenen Bund der Vatriebenen, nieh eenen Bund der Flüchtlinge erloobt. Und mir Flüchtlinge sejnn so bleede und rennen der ZTU hinterher. Diesen Varätern. Die WestZTU hott ieber unsere Bevölkerung doas Urteil gesprochen. Eenen größeren Varat gibt es nieh inna Menschheitsgeschichte.“

Katl:“Wer von den Flüchtlingen kann do noo ZTU wählen?“

Holger:“Und dabei sejnn viele der ZTU Katholiken!“

Achim:“Usa, GroßBritannien und die ZTU. Dieser Rassismus findet leicht vaständlich natierlich bis haide keienrlei Plattform in den Medien dieser Drei Großen. Jamal edDin el Afghani will 1900 die Islamische Umma zu eener religiös motivierten Nation umfunktionieren."

Roswittl:"Und do sejnn sie scharenweise zu den Islamisten iebergeloofen."

Rainer:"Ieh koann Tierken nieh lejden."

Achim:"AiropaAsienBrücken: Bosporusbrücke und FatihSultanMehmetBrücke. Kennt ihr die?"

Alle Schulterzucken

Matze:"Bosporus Türkei."

Bernhard:"Woas? Sultan Kara Ben Nemsi? Ieh kenn bloß Karl May."

Achim:"Der AusländerHass steht gor nieh so schlecht do in unserer Heutigen Daitschen Kultur. Islamophobie wird in den BRDMedien und Medien des Restlichen Westblocks gepredigt. ´Philister´ werden bis haide vateufelt in Westmedien, Schimpfwort spätestens seit Eichendorf und Carl von Holtei. Mit diesem Schimpfwort wachsen die Daitschen Kinder uf."

Rainer:"Nu nu?!, sejnn die Schlesier doch an allem schuld."

Achim:"Und in den Medien herrt ma bloß Werbung fier GoldenGateBridge."

Matze:"Die broochen äbn viel Werbung fier Usa, San Francisco und Kalifornien."

Honsa:"Nach meinem Gefiehl iss Airopa viel näher als Usa."

Olga:"Mein lieber Herr Gesangsvaein. keen Wunder bei den Vabrechen von den Engländern."

Matze:"Ma mißte miet´Bedacht vorgähn."

Olga:"Scheene aich Rasselbande wieder mal hier zu hoamm. Scheene, doaß die Goanze Rasselbande wieder hier iss."

Bernhard:"Scheene bee dir zu sejn, Olga. Hasts guttl, doaß de groad n Hinterhof weeter wohnst."

Olga:"Nu nu?!"

Ursl:"Dän Politikerinnen mißte ma mal ufs Dach steegen."

Matze:"Ma bräuchte inna Linken Eenen, der goanz scheene versiert is in Wertschoaftsfroagen. Ieh glooibe koom, doaß der Lafontäne und der Gysi reechen, doas System zu ändern."

Rainer:"Hirschste mir bloß uf mietem Gysi, dieser Roten Socke!"

Olga´s Kehliges Lautes HervorProtzendes Entrüstetes "WOAS?!"

Rainer:"Olga! Miet´de Stasi und de SED kannste mich werklich nieh locken!"

Olga:"Au Weia !" zur Äußerung schamhafter Besorgnis

Roswittl:"Miet´dem valogenen System muß ma sich abfinden. Die goanze Bevölkerung macht doas so."

Olga:"Bescheiden uf der goanzen Linie !"

Matze:"Na,wengst iss unsere OberLausitz Daitsch. Sie war immer Daitsch. Und sie wird immer Daitsch bleiben."

Rainer:"Doas stimmt ju gor nieh. Die Hälfte der OberLausitz ist heute Polnisch."

Matze:"Nu nu?!, ganz früher war hier mal Böhmen."

Honsas Augen beginnen zu leuchten:"Wollt ihr die Geschichte der OberLausitz kennen?"

Katl:"Honsa, Du als als Tschechischer KulturManager, erzähl uns mal was von Unserer Geschichte."

Honsa:"932:Der Daitsche König Heinrich I. verfiegt die Daitsche Besiedelung der von Milcenern, also von Sorben dünn besiedelten OberLausitz
958:Der Daitsche Kaiser Otto der Große erbaut in Budissin die Ortenburg."

Bernhard drängelt sich wie Schuljunge dazwischen:"Der Retter der Christenheit. Der hott doch die Heiden besiegt, die Slawen, die Ungarn, die Sorben .. Budissin wird unter den Daitschen zu Bautzen. Kaiser Otto der Große, der Erste Daitsche Kaiser, iss doch Grund genug, Budissin in Bautzen umzubenennen. Doas muß eenem doch mal gesoat werden. Die tun immer so, als seien die Daitschen im Mittelalter die Bösen gewäsn, ma will ju haide nischt gen die Sorben soan, und gen die Polen. Wann sejnn die Polen Christen geworden? Nu nu?!, der Otto."

Frank ergreift als rettende Instanz wie ein Lehrer das Wort:"Er Erobert Italien und läßt sich vom Papst zum Kaiser krönen, Er ist der Erste Daitsche Kaiser. Otto erreicht miet´Byzanz eenen Frieden. Dank Otto gelangt doas Christentum in Airopa zu Blüte. Er besiegt doas FrühMittelalter. Kunst und Kultur nehmen jetze ihren Anfang. Die Zeit nennt ma oo die Ottonische Renässanx."

Bernhard:"Nu nu?! Doas wollt Ieh soan."

Honsa:"Budissin geheert vorher den Sorben. Die sind zu dieser Zeit noch Heiden, das heißt: keine Christen. Otto ist vor dem Bau der Ortenburg noch König, erst später in Italien wird er zum Kaiser gekrönt.

1002:Der Herzog von Polen Boleslaw Chobry überfällt Budissin und Milcenerland und eignet es sich an.

1018:Der Daitsche Kaiser Heinrich II., der vorher noch mit den Heidnischen Sorben gegen Boleslaw Chobry Krieg geführt hat, gibt Boleslaw Chobry im Friedensvertrag im Frieden von Bautzen das Milcenerland, die Lausitz und die Mark Meißen als Lähen.

1031:überfällt Kaiser Konrad II. den Herzog von Polen Mieszko, der sich seit Boleslaw Chobrys Tod König von Polen nennt, das Milcenerland wird Eigentum des Markgrafen von Meißen.

Achim:"Die Tschechen werben für Oybin, daß die Sorben früher do geherrscht hoamm. Lüge."

Honsa:"Das ist wohl ein bißl übertrieben."

Achim:"Ein bißchen? Die Kelten hoamm uf dem OybinBerg ihr Heiligtum. Genauso wie uf dem ZobtenBerg bei Breslau/Wroclaw."

Honsa:"Zugegeben: Die Christianisierung der Heiden ist seit Karl dem Großen das Mittel der Daitschen für ihre Eroberungen und dann, nachdem Mieszko, das ist ein viel wichtigerer nämlich Mieszko, der Heidnische Herr der Polanen, der 960 Herrscher über das Land von Gniezno, am Goplosee über die Goplanen, um Plock rechts der Weichsel über die Masowier, über die Lendizen und über das Gebiet der Pommerellen ist, und der als Einiger dieser Stämme unter anderem durch GebietsEroberungen zwischen Bug und Oder ab 960 eine Expansion nordwestlich zur Odermündung und der Insel Wolin an der Grenze zu Puffergebieten des OstFrankenKönigreich führt, wo er jedoch durch Niederlagen unter anderem gegen den Markgraf der Sächsischen Ostmark Gero aufgehalten wurde, wodurch Mieszko für einige Teile des von ihm beanspruchten Landes seit 963 dem OstFrankenKönig OttoI. Tributleistungen entrichten muß, womit die Herrschaft Mieszko´s somit das Territorium Polens von heute umfaßt, und dann, nachdem durch seine Heirat 965 mit einer Böhmischen FürstenTochter, der Katholischen Böhmischen HerzoginTochter Dubrawka von Böhmen zum Christentum übergetreten ist, auch für die Polen, da sieht man Mieszko´s nun folgende Christliche Eroberungen der Polanen, ma sieht die Christianisierung als Machtmittel für die Bildung eines Nationalstaates mit einem Nationalbewußtsein sowohl für die Daitschen wie auch für die Polen. Der entscheidende Unterschied zu den Sorben ist, daß die freiwillige Assimilierung der Sorben unter die Daitsche Herrschaft einen eigenen Nationalstaat unwiederbringlich verhinderte. 1300 hat Schlesien eine

fast vollständig Daitsche Bevölkerung, die polnische Bevölkerung vermindert sich durch Abwanderung nach Osten und spielt in Schlesien keine Rolle mehr. Während die Oberlausitz dem Böhmischen König Johann von Luxemburg geheert, also dem Königreich Bämmen geheert, hat die Polnische Sprache im ohnehin Unabhängigen Schlesien nur noch formal als die Sprache des regional herrschenden Polnischen PiastenGeschlechts Bedeutung, insofern der Polnische König Kasimir III in den völkerrechtlichen Verträgen von Viségrad 1335, Trentschin 1335 und ratifiziert 1339 für immer und ewig den Verzicht der Ansprüche der Polnischen Königlichen Piasten auf das ohnehin unabhängige Herzogtum Schlesien erklärt, wofür das Königreich Bämmen auf die Polnische Krone verzichtet und Kasimir III diese Verträge vom Papst annullieren lassen will, und Kasimir III schließlich auf Schlesien im Vetrag von Namslau gegenüber dem Böhmischen König Karl IV 1348 auf diese Annullierung verzichtet und dafür aber Masowien bekommt, während Schlesien Eigentum Bämmens wird, Eigentum des Böhmischen Königs Karl IV," Honsas Augen beginnen zu leuchten, „dem künftigen Kaiser des Heiligen Römischen Reiches, der Prag de facto zur Hauptstadt und Residenz, der Prag zur Goldenen Stadt macht."
Bernhard:"Das wollt Ieh soan."
Holger:"In Geschichte weeß Ieh nieh so viel."
Honsa grinsend:"Als die Tierken 1500 ihre Invasion in Airopa machen, hat, mit dem zu Bämmen geheerenden Schlesien und dessen Daitschen Stadtrechten entsprechend der Daitschen Bevölkerung in Schlesien, auch die zu Bämmen geheerende OberLausitz Daitsch als Verwaltungssprache und angesichts der Daitschen MassenBesiedelung somit die Sorben in der Oberlausitz längst als eine unwichtige Minderheit verdrängt."
Achim:"Was haide geschieht iss bloß eene Anbiederung an eene Wirtschaftliche und Politische Macht der Sorben im SpätMittelalter, die es nie gän hott. Die ZTU benutzt die Sorben haide als Vehikel fier Nostalgie, mit dem ma die Touristik ankurbelt."
Honsa:"Die OberLausitz, Schlesien und Bämmen haben immer zusammengeheert. Die Bedeutung Bämmens fier Airopa kann nicht ieberschätzt werden. Der Slawische König von Bämmen und Ungarn Ludovik II, Daitsch Ludwig II, ist der letzte Böhmische König aus dem Hause der Polnischen Jagiellonen und heiratet im Stephansdom in Wien.."

Holger:"Ein Pole in Wien. Oder n Tscheche? Ach der Adel, die hoamm alle durcheinander geheiratet."

Honsa:"Er ist Ritter des Ordens vom Goldenen Vlies und kämpft gegen die in Airopa voranrickenden Tierken, die die größte Gefahr des Christlichen Airopas darstellten. Ludovik II fällt im Krieg gegen die Tierken bei Mohács 1526. Neuer Böhmischer König und damit auch Herr der OberLausitz und Schlesien wird als Nachfolger erstmals aus dem Hause Habsburg Ferdinand I , er ist Daitscher Kaiser, der die EesterreichHabsburgischen Herzöge in Schlesien begründet: doas heeßt EesterreichHabsburg ist der neue Eigentümer von Schlesien, Oberlausitz und Bämmen. Auch in Bämmen wird jetzt Daitsch Verwaltungssprache."

Bernhard:"Sisste, doas habe Ieh nieh gewußt. Bei uns inna DDR wurde immer so rumgedruckst miet´der Daitschen Bediedelung im Mittelalter."

Holger:"Nu nu?! Manchmal wurde eenem doas Bild vermittelt, die Daitschen wären erst miet´Friedrich dem Großen hierher gekommen. Dann soan sie immer: Nu nu?!, August der Starke, König von Polen. Ach Geschichtsschreebung. Oalles Liege, jä nachdäm, wer geroade an der Macht ist."

Honsa:"Viel wichtiger aber fier die Bämmen und Airopa ist 100Jahre später der Prager Fenstersturz, als die Evangelischen Stände in Prag die Statthalter des Katholischen Kaisers Matthias aus dem Fenster werfen, was der Auslöser des Dreißigjährigen Krieges ist. Der neue EesterreichHabsburgische Kaiser Ferdinand II gibt schließlich 1635 die OberLausitz als erbliches böhmisches Lähen dem Sächsischen Kurfürsten Johann Georg I . Ferdinand IIs Nachfolger Kaiser Ferdinand III., König von Bämmen und Katholischer Kaiser des Heiligen Römischen Reiches Daitscher Nation, führt die Katholische Gegenreformation mit Sachsen zusammen 1641 gegen Görlitz, doas die Schweden lange besetzt halten, weswegen die Festungsanlage den Namen „der Kaisertrutz" erhält. Die Schweden kennen dieser Übermacht aber nicht standhalten. Görlitz bleibt bei Sachsen."

Holger:"Mensch, wän interessieren denn die Sorben? Mir sejnn Daitsche! Liberec würde mich schon interessieren."

Matze:"Das heißt ´Reichenberg´."

Achim aufgebracht:"Schwarze ? Belgischer König? Ma hott die Hände von eener Million abgehackt. Zum Beweis der gutten Kolonialorbeet hott sich der König die abgehackten Hände in Kisten nach Belgien schicken lassen. Kongo? Doas iss der PrivatBesitz des Königs. Meen Gott, Wen interessiert denn die bleeden Schwarzen im KONGO im Ersten Weltkrieg?!"

Katl:"Beruhige dich, Achim."

Heinrich:"Was hott denn der jetze?"

Matze:"Das hott der manchmal."

Achim:"Das Daitsche Reich kann vanichtet werden! Doas Schwein kann ma schlachten! Und Kongo jetze? Kongo jetze. Meen Gott, Sie heeren wohl keene Nachrichten. Im Kongo bewährt sich die Zivilisation. Daitsche Truppen, ach een herrliches Wort, Endlich durf ma doas wieder soan in diesem PolizeiStaat. Hindukusch. Die Holländer hoamm Indonesien zivilisiert. Und Rumsfeld. Do machts Rums im Irak. Iss ock een Daitscher. Ihre Daitschen stähn ock gor nieh so schlecht do inna Welt. Und dann hoamm MIR oo noch eenen Daitschen Papst! Und Helmut Kohle hott uns die Wiedervaeinigung gebracht."

Jette:"Miete Schlesien ?"

Matze:"Mir sejnn alle hier Schlesier. Nu?"

Danuta:"Ieh nieh."

Matze:"Dich hoab Ieh nu oo nieh gemeent. Gastorbeeter und Asylanten zählen nieh."

Danuta:"Ieh bin seit Nainzähn Jahren in Daitschland. Frag mal meene Schwiegermutter."

Matze:"Ne Polnische Putze wie Du zählt nieh."

Holger:"Also Ieh hätt schon gern ne Polnische Putze."

Matze:"Also, und danne hoamm mir die WM in Daitschland."

Holger:"Kenn Ieh n Witz: Fragt der eene Christ n andern Christ:"Sejnn Sie Katholik?" Der andere Christ erschrocken, Schweegen. Fragt der Eene:"Gähn Sie in den Gottesdienst ?" Soat der Andere:"Ich bin ock keen Fundamentalist."

Roswittl:"Mädchen von haide werden so erzogen, doaß sie zu bestimmten eegens bloß Mädchen und junge Froon betreffenden Fragen gor nieh gefragt werden, beziehungsweise ihnen gor nieh gestattet wird, doas Maul zu öffnen."

Achim:"Hass, Hass, Hass."

Honsa:"Wart ihr schonmal in Liberec?"

Alle:"Schweigen." Nach langer Pause:

Frank:"BRD, Polen, Tschechien. Doas DreiLänderEck. Doas Herz Airopas. soan die Politiker."

Matze:"Liberec! Doas heeßt: Reichenberg Eesterreich Ungarn Böhmen."

Roswittl:"Das iss ock in den Bergen. Oder?"

Bernhard:"Hinter den 7 Zwergen."

Katl:"Und was iss do in Liberec?"

Honsa´s Gesicht beginnt zu strahlen:"Liberec, Reichenberg: Eesterreich iss das bis zum Ersten Weltkrieg gewesen. Da gibt's die LiebigHöhe die Liberecer Höhe, Idee Heinrich Liebig."

Bernhard:"danne kommt der OrtsName also von „Liebig"."

Honsa:"Liebig-Schlößchen Jablonecka Ulica, ScholzeHaus, und WallensteinHäuser Valdstejnske Domky, Vetmá Ulica. Wallenstein, der iss eine Berühmtheit bei uns Tschechen."

Achim:"Hä?! Ieh denk doas isn Daitscher. Doas Schloß in Sagan iss von ihm."

Honsa:"Nein, ein Böhme ist er."

Achim:"Sag Ieh ock! Een Daitscher Böhme"

Honsa:"Nein, das ist ein Böhme, ein Tscheche! Und den Jeschken/ den Jéstèd gibt's, den Berg mit der Pyramide drauf und mit KabinenSeilbahn, ganz einfach mit der Straßenbahn zu erreichen. Und das Babylon gibt's, die Disco ist klasse. Centrum Babylon, Nitranska 1, Aquapark, Lunapark, Disco Nitranska 1. Liberec ist die scheenste Zeit meines 3LänderStudiums in BRD, Polen und Tschechien gewesen."

Achim:"Wißt ihr, Ieh hoab vor der Wende ju studiert, ne? Ieh Gammler lange Haare Springerstiefel, Ieh Politik, Iche also rein in de Friedensforschung, Rein ins Seminar: Wißt ihr, wer doas Seminar ieber die AußenpolitikMilitär der BRD gehalten hott? Do is immer son Typ in Uniform aufmarschiert und hott uns was ieber Szenarien een halbes Jahr lang erzählt. Also wenn die Russen also ihr Dies tut, danne tun die Amis, also mir, Jenes, alle möglichen vielen Gründe, die eenen Atomkrieg erlauben, aba gleichzeitig angeblich abschrecken. Ieh bin danne mal extra ins FriedensforschungsInstitut, doas iss nämlich nieh inna Politik im Turm sondern janz woanders in Frankfurt Main, also Iche hin, Bibliothek, weeß ieh, n Buch ausleihen, und wer rennt do rum? Do sejnn Hippies, oalles Laide, die aussähn, als würden sie Grien wählen. Im Usatreuen AmerikaHaus hoab Ieh Literatur zur Friedensforschung geholt, Friedensforschung der BRD, doas lernte Ieh damals, iss MilitärPolitik der Nato. FriedensforschungsTexte im Fachbereich Politik im Turm hoab Ieh nieh een eenziges mit Quelle

OstBlock gefunden. Und kennt ma annehmen, daß es im scheenen Studentenläbn Ost- und WestBlock zueinandergefunden hätten? Nee, UsaInstitut und RussischSeminare uf dem Campus 1KilometerLuftlinie entfernt. Ieh war in RussischSprachkurs und UsaPolitik im Institut, do hott Ieh viel zu loofen, und denkste, es hätte eene UdSSRUsaVaeinigung der Studenten gän, die locker miteinander kommunizieren? In keenster Weise. nieh an der Uni Frankfurt Main. Die OstBlockStudenten und die WestBlockStudenten sejnn sich spinnefeind gewäsn. nieh nur, daß sie sich nieh fier die andere Seite interessierten, sondern dieses Interesse wurde mit Fießen getreten, ma machte sich keine Frainde, wenn ma an so eener Kommunikation zwischen den vafeindeten Lagern interessiert war. Und doas 1985, do hotten wa schon Gorbatschow. Frankfurt Main, ha! und doas ist ne SozialKritische Uni, die hott inna Studentenrevolte der BRD 1968 Geschichte gemacht."

Jippi:"Nu nu?!, Joschka Fischer, doas hoamm mir gesähn."

Bernhard:"Habtas schon gewußt? Der Joschka Fischer heeßt eegentlich Josef."

Olga:"Der Ehemann von der Gottesmutter Maria heeßt ooch Josef."

Matze:"Und Ieh sage es aich: Wenn die NVA gewollt hätte, und Ieh gäbs zu, es hott nieh und nimmer solche Pläne gän, oo wenn die Wessis doas Gäjenteil behoopten miet´ihren AtombombenSzenarien, also, Wenn die DDR gewollt hätte, danne, Ieh sachs aich, hätten mir innerhalb von 3Tagen am Rhein gestanden. Freitag, Sonnabend, Sonntag bis Montagfrieh sejnn die Kasernen der BRD beinah bloß miet´WachPersonal besetzt gewäsn, alle normalen Soldaten der BRD hoamm am Wochenende Urloob gehoabt. Urloob! Freitag hätten mir angefangen, Montag wären Fakten geschaffen gewäsn. Und erst danne! Ieh schweers aich: Erst danne hätten die Amis reagiert. Die Bundeswehr und die gesamte BRD bis zum Rhein hätte sich ieberrollen lassen ."

Bernhard:"Wo is´nn der Olli?"

Katl:"Wo bleebt der nur?"

Roswittl:"Do hätt ma kennen jetzte oo woas eenkoofa. Oder in´ Imbiß gähn."

Einige gehen raus sich die Füße vertreten. Von Olli keine Spur. Draußen aufm Postplatz trifft ein Teil der Gruppe aufn WessiHeimkehrer

Wessi sagt:"Von meenem Weggähn 1956 bis 1989 sejnn ja alle

Grünflächen besonders an der Neiße oalles vawuhrlost, doas weeß ma
ja, wie doas war."
Ursl aus der Haut fahrend:"Stimmt überhaupt nieh! Wuhr iss: oalles
gepflegt: Kreuzkirchenpark, Stadtpark, am Volksbad Liegewiese
brechend voll. hoamm sie schon mal probiert miet´Mittelwall: oalles
augebaggert, saubere Kieselsteine rein, Kahnverkehr Mittelwall
unterhalb miet´Kahn kann ma in Volksbadsee paddeln. Die
hygienischen SauberRegeln kommen erst ab 90 miet´der Freiheit und
deswegen vaboten. Denkt bloß an den Bautzener Strausee: großes
FreizeitZentrum, Sportvaanstaltung, Musik, Surfen, Bungalows,
Gaststätten, Kioske ... geschlossen und systematisch zerstört in blinder
Zerstörungswut. Jakob Böhme hott ne Statue: auf DreiecksParkanlage
zwischen PolizeiBürosAltbau/Stroaße der Fraindschaft,
FachHochschule und GrenzÜbergang, miet´viel Bäumen,
wunderscheen, richtiche Allee, mietetenddrin Fußweg zu
GrenzÜbergang. Diese scheene Parkanlage samt JakobBöhmeStatue
hott ma für den Grenzübergang nach Polen beseitigt. Jetze Statue
valoren in Stadtpark bei FachHochschule. Die JakobBöhmeStatue
sähn also bloß dienigen Studenten, die zu Fuß zur Uni kommen, und
die RaucherBevölkerung, die BilligZigaretten auf Polnischer Seite
holt. Nichtrauchern iss die JakobBöhmeStatue also vollkommen
unbekannt. Die JakobBöhmeStatue sollte ma meines Erachtens an die
alte Stelle zurückstellen."
Bernhard zum Wessi:"Wann kamen Sie nach Görlitz?"
Wessi schüchtern geworden:"2004"
Bernhard zu Achim:"Na, zum Glick kamt ihr Wessis danne und hoabt
uns die Wirtschaft ruiniert und aich die eegene saniert. Und die
Betriebe, Mittlere und Große, die VEBs hoaben fier den goanzen Staat
produziert. Vollbeschäftigung. Ach, wenn Ieh do anfangen wierde, die
Betriebe, die Fabriken ufzuzählen, die allein Gerrlitz gehoabt hott!",
wegwerfende Handbewegung.
Achim:"Staatssicherheit, also InlandGeheimdienste nennen sich oo
haide in vielen Staaten des Westens „Staatssicherheit". Albern, eene
Linke zu rügen, wenn sie soat: Fier die Kreierung eenes neuen Staates
und die Aufrechterhaltung der Sicherheit bedurf es immer oo eenes
Inlandgeheimdienstes, bedurf es eener Staatssicherheit. Joschka
Fischer spricht fier Geheimdienste im Inland und im Ausland von den
´Diensten`, wie wurde doas bei den Nazis genannt? Verharmlosung.
Polizeistaat hott ma in meener Jugend inna BRD gelästert. Was mir

haide hoaben, iss een Vielfaches davon, und doas Ausmaß der Überwachung stellt Daitschland ab 33 meilenweit in den Schatten."

Matze lacht:"Churchill hoat gesoagt: ´Wir hoamm doas falsche Schween geschlachtet.´ Damiete hat er gemeent, er hätt lieba de UdSSR bombardieren sollen anstatt HitlerDeutschland."

Olga:"Nu nu?! Churchill hoat ock oo gesoagt: ´Mach die Daitschen fett und gefrässig, so koann ma se impotent machen´."

Heinrich:"Doas iss doas größte Ziel haide gen eene rebellische Jugend. Die Jugend soll bloß Ja und Amen soan. Gleichzeitig bombardiert ma die Daitsche Jugend miet´UsaKriegsfilmen, die den Krieg fier Usa vaherrlichen."

Achim:"Mir broochen eene Wölfische Jugend. Eene Jugend, die es akzeptiert, sich an der Front zu opfern. Deswegen gibt's die Verherrlichung des Krieges fier Usa. Und die Staatskritischen Fernsehserien wie „PlusMinus" und dergleichen, eene Froo, die bei eener StartboahnDemo 1982 mit Ausschreitungen der Polizei und der Demonstranten teilgenommen hott, hott so een dolles Magazin interviewt. Die hoamm immer wieder dasselbe gefragt, sie mußte oalles, was sie meente, immer wieder neu formulieren, am Abend desselben Tages kam genau diese Staatskritische Fernsehsendung und zeigt doas Interview, vollkommen zusammengeschnitten, die Äußerungen der Froo hoamm sie so zusammengeschnitten, daß doas Gejenteil von dem herauskam, was die Froo meente. Die Froo war wenige Jahre vorher aus der DDR ausgereist, und jetze hotte sie mal doas wuhre Gesicht der Freiheit erkannt. Medien! Hass, Hass!, Hass!"

Katl:"Ey Laide, kennt er aich an Karl-Eduard von Schnitzler erinnern?, der war gutt! Schwarzer Kanal."

Allgemeine Zustimmung.

Matze:"Nu mal nieh janz so wild. Frag die Laide uf der Stroaße, oder gebt es selber zu, der Schnitzler, der hott ock Schwächen der BRD an den Haaren herbeigezogen. SudelEde iss sein Spitzname inna Bevölkerung. Dem hoamm ock die wengsten gegloobt, oalles iebertrieben. Sowas von lächerlich!"

Rainer:"Du, der Schnitzler war ock gutt. Der hott immer so Sachen ufgedeckt ieber die BRD. Also Ieh hoab doas gerne gesähn."

Heinrich:"Nu nu?!, Ies klor, is ähm ock nieh olls so blietenreene inna BRD, der Schwarze Kanal hott immer irgendwoas gefunden. Jetze, wißta schon doas Naiste? Die Nerkel ..."

Katl:"Du, Heinrich, der Olli meent ju, doaß du viel wenger sprechen

sollst in dennen Szenen, und du sollst nieh improvisieren."
Heinrich:"Woas ?! Woasn jetz los?! Jetze! Ihr wißt ju selber, doaß
sich die Passanten bee unsern Ausfliegen ieber meene Reden
kaputtlachen. Und jetze? Janz pletzlich?! Alle sollen improvisieren,
bloß Ieh durf nieh! Danne iss ju meen Text fier die schwarze Tonne !"
Heinrich mittags in Sommerhitze, 2 3 andere Leute bei ihm im
Hinterhof bei Katze, die wie gelackmeiert ohnmächtig herumstromert:
Heinrich:"Jetze geben mir der Katzte bei der Hitze maln
Wassernäppl."
Mario kommt:"MoppelKotze in dem neuen Imbiß. Hoab Ieh mal
probiert. Schmeckt nieh, eefach wiederlich".
Katl lacht:"MoppelKotze! Mario!"
Roswittl:"Was fiern Wort! Do bekommt ma doas Kotzen!"
Mario:"Stimmt ock aba."
Heinrich:"Wo der Olli bloß bleebt."
Matze:"3.Oktober. Doas iss wie frieher: 7.Oktober : Tag der Republik
Rummel in Berlin: MilitärParade miet´Panzern. Doas machen mir
jetze wieder."
Bernhard:"1972 iss Fidel Castro in Daitschland."
Holger:"Bei den LeunaWerken iss er. Doas iss der erste große
Triumph von Erich Honecker gegen die BRD. Indira Gandhi in
Daitschland Juni 1976, Fidel Castro 1977 in der Hauptstadt Berlin
zusammen miet´unsereren Basketballern."
Ursl:"Indira Gandhi vateufeln die haide. Komisch."
Katl:"Katharina die Große vateufeln die oo. Bloß weil sie aus Stettin
iss."
Rainer:"Angelus Silesius wird zum Polen gemacht."
Frank:"Guttenberg im Internet kennt den Gerhard Hauptmann nieh.
Gerhard Hauptmann gibt's bloß irgendwo in Englisch."
Achim:"Das kann ock nieh wuhr sein!?"
Frank spöttisch:"Daitsche Bildung von haide."
Achim wütend:"Bildung! Napoleon gründet sich uf den
NaziFaschismus der Französischen Bürgerlichen Revolution. Die
hoamm eenen Führer gewollt. Eenen Diktator. Und alle hoammse
gejubelt: Beethoven, Goethe. Und die entsprechende
WessiGeschichtsschreibung, doas heeßt die Bürgerliche
Geschichtsschreibung, macht mit genau diesem hurrapatriotischen
Chauvinismus haide aus George Bush een Vorbild fier die Daitsche
Jugend."

Rainer:"1870 hott Daitschland die Diktatur Napoleons III beendet."
Matze:"Deutsche NationalHymne 1. Strophe Matze beginnt zu singen,
einige singen mit:"

Auferstanden aus Ruinen
Und der Zukunft zugewandt,
Lass uns dir zum Guten dienen,
Deutschland, einig Vaterland.
Alte Not gilt es zu zwingen,
Und wir zwingen sie vereint,
Denn es muss uns doch gelingen,
Dass die Sonne schön wie nie
|: Über Deutschland scheint. :|

2. Strophe

Glück und Frieden sei beschieden
Deutschland, unserm Vaterland.
Alle Welt sehnt sich nach Frieden,
Reicht den Völkern eure Hand.
Wenn wir brüderlich uns einen,
Schlagen wir des Volkes Feind!
Lasst das Licht des Friedens scheinen,
Dass nie eine Mutter mehr
|: Ihren Sohn beweint. :|

3. Strophe

Lasst uns pflügen, lasst uns bauen,
Lernt und schafft wie nie zuvor,
Und der eignen Kraft vertrauend,
Steigt ein frei Geschlecht empor.
Deutsche Jugend, bestes Streben
Unsres Volks in dir vereint,
Wirst du Deutschlands neues Leben,
Und die Sonne schön wie nie
|: Über Deutschland scheint. :|
Matze:"Geisteskranke Wohnanlage bee Ildi Rauschwalde. Do wird
gestritten und rumgebriellt den goanzen Tag, und am schlimmsten
sejnn die Betreuerinnen: Die brillen eenen zusammen, als wär ma een

kleenes Kind."

Katl:"Macht ma doas miet´kleenen Kindern so?"

Rainer"Wißt ihr schon? Die BRD will Neue SteuerNummern eenführen. Der Haken bee der Sache iss: Alle, die vor 45 in Schlesien oder sonstwo östlich der Oder und der Lausitzer Neiße geboren sejn, akzeptieren miet´dieser Steuernummer „Polen" als HeimatLand: Folge iss: Verlust aller Ansprüche auf ihr Eegentum."

Achim:"Echt? Doas planen die? Do gabs mal ne Serie im WestFarnsiehn: Nepper, Schlepper, Bauernfänger.."

Rainer:"Widerspruch een 3Zeiler genügt, Rassismus gegen die Alten."

Holger:"Wer von den Alten Laiden wird schon Widerspruch eenlegen! Doas iss eene goanz abgefeimte Sache!"

Rainer:"Knöpp amal die Oogen uf ! Betroffen von der Steuernummer sejn alle Greise geboren vor 1945 in Stettin, Landsberg, OstBrandenburg, Danzig, Lauban, Oppeln, Breslau und so weeter. Die Laide macht ma stillschweegend zu Polnischen StaatsBiergern und oogenblicklich ihre Heimat Daitschland zu Polen, iss klor, doaß somiet ´Folge der Verlust von Eegentumsansprüchen iss, 3Zeiler Widerspruch eenlejn geniegt."

Achim:"Oder nehmt die NatoWessiUsaAmerikanischeSprachregelung. Richtich iss: radeBERG, radeBEUL, Oybin=oyBIN, BaumschulenWEG, AralSee=ARRRalsee, Amur= aMUR, Die Wessis zwingen uns durch ihre Medien, doas heeßt Radio und Farnsiehn, zur Vafremdung. Sie betonen absichtlich falsch, denn sie betonen in UsaEnglischer Betonung auf der Ersten Silbe, Ausnahme AralSee auf der Zweeten Silbe."

Bernhard:"aMUR. Der Fluß aMUR, wie die Liebe Amour auf der zweeten Silbe. So iss richtich."

Achim:"Kinder, die bloß diese Liegen kennen, werden diese Liegen nieh als Liegen erkennen."

Bernhard:"Und die Wettervorhersage Gerrlitz mies! MDR. Tun so, als wär Bischofswerda schon Polen. Vorhersage und Temperaturen absichtlich immer falsch. Wie die Rassistische Wettervorhersage des ZTF, wo sie grundsätzlich vor Gerrlitz stähn und auf Bonn zeigen, wenn sie Daitschland meenen."

Achim:"Der Vogel von Washington."

Ursl:"Der Bernhard macht mich goanz ürre."

Mario:"Irre macht mich, doaß meene Kleene jetze ZiegenPeter hott."

Katl:"Du, do durf sie bloß Brei und sowas essen. Domiet´doas Kauen nieh wehtut."

Ursl:"Und keene Obstsäfte. Keen Obst."

Holger:"Ieh brooch was zu fressen", holt seine Schnitten raus und frißt wie vahungert mit großem Appetit.

Olga:"Laß es dir schmecken."

Holger:"Willste oo was?", und bietet ihr eine Schnitte mit Worscht und eine mit Käse an.

Olga:"Vielen Dank Holger", nimmt sich und bietet ihren Kräutertee aus der Themoskanne an.

Holger:"Nee, laß mal. Ieh hoabe hier meene Limo."

Olga:"Die Politiker sejnn äkelhaft, wenn sie miet´dem Bauch denken. WetterWendisch. Nach ihrer momentanen Laune."

Achim:"Wie die Schweizer Söldner im Mittelalter: Die hoamm während des Krieges, wenn eener uf der Feindlichen Seite mit höherem Sold gewinkt hott, die Fronten gewechselt. Im Mittelalter sejnn die Schweizer Söldner berüchtigt. Politiker , die mit dem Bauch denken."

Olga:"Unmoralisch, bloß den tierischen Instinkten gehorchen sie danne."

Achim:"Bee den Wessis heeßt das: Sie denken aus dem Bauch heraus. Für Wessis iss doas moralisch gutt. Ma soat: ´Aus dem Bauch heraus denken oder handeln´."

Matze:"In DDR vollkommen unbekannt."

Roswittl:"Heinrich, gibste bitte mal doas Kaffeservieh rieber."

Heinrich bringt das Geschirr und 3 Thermoskannen voll Kaffee.

Bernhard:"Obere Berliner Stroaße iss oo so een Skandal: Bis 1990: Een Geschäft am andern: Kleidung, Schreibwaren, Zigarren und so weeter.. haide iss bloß noo „Goldmoann". Die Mieten sejnn zu hoch. Miet´der Freiheit 1990 hott een Schluchtenscheißer die goanze Obere Berliner Strraße gekooft."

Honsa amüsiert:"Schluchtenscheißer iss gutt."

Ursl:"Der iss danne aba wieder ab nach drieben. Hotel 4Jahreszeiten aus Boahnhof raus zu Berliner rechtes Eckhaus, Hotel zur Post, Hotel Haus des Handwerks, Hotel Gerrlitzer Hof. Anstatt, doaß sie do amol Geld reenstecken, Nee, die bauen unten an der Neiße doas Hotel MerkdirApartheid. Und der Stadtrat: Keener von denen gäht Obere Berliner Stroaße lang."

Roswittl:"Stroaßenboahn und Bus nach Nord wollen sie abschaffen.

Jetze fahren Busse und Stroaßenboahn alle 20Minuten. Wird noo so kommen: Bus bloß noo 2mal am Tag falls telefonische Voranmeldung."

Holger:"Nu nu?!, Ieh fahr nieh miete Stroaßenboahn oder Bus. Aba gemeene iss doas schon. Gerrlitz iss die Reichste Stadt Daitschlands."

Rainer:"Bis 1945."

Katl:"Mir werden amol noo froh sein kennen, wenn unser Stadtbus noo stindlich fährt. Keener soll den Braten riechen. Und trotzdem wählen sie die ZTU. Zum Varicktwerden so was."

Roswittl:"Bus zum Klinikum abends ab 19.30Uhr wollen sie streichen. Was machen die Krankenschwestern? Koofen die sich alle n Auto?"

Matze:"Und dieser Schandfleck Dreieckhaus ThälmannstroaßeMoltkestroaßeMühlweg, doas sollten die Wessis im Farnsiehn sähn. Danne wissen sie, was die Wende bedeutet."

Matze:"Nu nu?!, Polen kommt jetze in die EU. Danne werden die die Zollanlagen abbauen."

Katl:"Was? Nu äbn. Und die Rote FußgängerVakehrs Übergänge wollen sie oo beseitigen, damiet´ma nimma an die Wende denkt."

Roswittl:"NAIN! Ieh wierd vorschlagen: ee poaar sinnlose Vakehrsinseln drufbauen. So kommt endlich der Wohlstand noo Gerrlitz. In 20Jahren. Und deswegen jetze ZTU wählen."

Olga:"Biste goanz scheen helle."

Rainer:"Na, ob die ÄtzBeehTee besser wäre? Doas System ändern. Die Frechheiten kann ma sich nimma ansähn. Denkt ans Gerrlitzer SommerStadtfest jetze. Die goanze Bevölkerung iss uf den Stroaßen, und alle watten uf den Höhepunkt: doas Feuerwerk Sonntag 22Uhr, een krönender Abschluß fier die Familien, am nächsten Tag wird georbejtet. Aba die Diener Törna Revival Band hott die allerbeste „Sendezeit" . Als die Leadsängerin ruft: Na? Wollt ihr eene Zugabe!", do kam aus der MenschenMasse Schweegen oder vaeinzelte Rufe:"Nej !", eene Schande, doaß diese Band danne doch noo gespielt hott, wegen dieser Band, die keener heeren wollte, wurde doas Feuerwerk vom angekündigten 22Uhr uf 22.25Uhr valegt."

Heinrich:"Wo isn der Zucker hinne?! Ieh werd noo varickt. Erst gestern hoab Ieh Zwee Kilo mietgebracht. Ieh mach doas nimma länger miete!"

Olga Hände in die Hüften gestemmt zu Heinrich:"Woas guckstn mieh dabee so an?! Uf der Flucht und inna ersten Zeit hier in Bad Muskau und danne in Leipzig, do hoats gor kee Gewürze gegän. Do hoamma die Nudeln miet´Zucker gewürzt, weils sunst gor nimmer auszuhalten war. Aba die Flucht iss vorbee Heinrich. Dennen Zucker hoab Ieh schun nieh geklaut! Räg die nieh uff!"

Olga setzt sich an den KaffeekränzchenTisch und breitet ihr gesamtes Papiergeld und Münzgeld und Kassenzettel auf dem Tisch aus, sie kontrolliert mit Kuli in den Fingern ihre Ausgaben und zählt Geld, Olga und ihre blauschwarzen Haare.

Roswittl:"Schnitten miete Worscht, das wäre jetze gutt."

Bernhard:"Ma kennte mal woas eenholen. Man kennte bei´n Bäcker gähen, irgend´n Sießkroam, und Kernseife fiers Klo."

Bernhard:"Die Politiker mißte ma eenseefen."

Heinrich:"Abgemacht Seefe! Wir müssen denn Politikern ihre unheilbaren fixen Ideen respektieren."

Holger:"Do war Ieh aba nieh halb so beeindruckt. Was gähen mich die Politiker an?"

Heinrich:"Und ein Mist kommt im Fernsehen."

Holger:"Nur Schund im Fernsehen."

Ursl:"Und zur Wende hoamm sich alle ´n Spiegel ufs Fensterbrett geklemmt."

Roswittl:"Farnsiehn ies sowieso völlig ungloobwierdig. Do stirbt een geliebter Mensch, koom ies er umgefallen und der Kommissar tritt een, nennt ma den geliebten Menschen sofort „eene Leiche": Die Leiche liegt do und do, Herr Kommissar .. woas fier een Quoatsch!.Wenn Ieh menn Urgroßvater ufm Friedhof beerdige, danne wird er immer meen Urgroßvater bleebn, und niemals in meenem Läbn nenne Ieh ihn „die Leiche vom Urgroßvater". Vollkommen irre die Fernsehmacher. Oder hoabt ihr in einem Krimi mal n toten Menschen, am besten son Pinupgirl im Farsiehn gesähn völlig gutte Gesichtfarbe, geil geschminkt, so könnte uf Foto bee der Prigitte vorne druf. Theaterschminke gibt's seit, ju seit Jahrhunderten.."

Frank meldet sich mahnend zu Wort:"Seit Jahrtausenden. Ieh hoabs studiert. Ieh weeß doas" und tritt wieder einen Schritt zurück.

Roswittl weiter:"Und do hoam die no nimmal Schminke, damiet´d Schauspieler wie ne Leiche aussieht?! Pah!"

Achim, der es versucht, dem Frank gleichzutun, auch wenn Achim Theater nicht studiert hat:"Ähm: Nackte Laide, FKK oder Kuscheln, Schlafzimmer, die Filme sejnn voll mit solchen Szenen, aba Usa vasteht es, mit senner Unnatierlichkeit diese Szenen ohne Nackte Menschen zu drähn, und damit doas Perverseste Farnsiehn weltweet zu hoamm. Zumal: FrauMann nackt in USFilm ausschließlich bloß als Leiche, doas entspricht SnuffMovies, etwas Natierliches können die Amis äbn nieh."

Matze:"Die Prominenten mißten die UnMoral der Reechen kritisieren."

Achim:"Da macht ma sich aba ziemlich unbeliebt. Frankreechs LiteraturStar George Sand, die Schriftstellerin: Die Prominente hott sich unbeliebt gemacht, als sie sich nach 2 Kindern von ihrem ebenso prominenten Ehemoann trennt. Der beriehmte Pfarrer der Orbejtabewegung in Frankreech Lamennais hott George Sands Sympathie abgelehnt. Viel Feind Viel Ehr; Iss sie selber schon wegen ihrer Romane prominent und wegen ihrer Offenheet in ihrer Romantik schon beenah een Anstoß, so setzt sie dem eenen druf und schreebt ab sofort 1830 bloß noo gen unreflexive FriedeFreudeEierkuchenLiebesromane, eene Art Anti-Romantik, Und weeter: da hott sie in ihrer SozialismusBegeisterung oo ihre Sympathie fier diesen Katholischen Pfarrer Ausdruck gän, der zum Wohl der Orbejtenden Bevölkerung ins Sozialistische Revolutionäre Horn blies, so jedenfalls in den Oogen der Öffentlichkeet."

Türgeräusch und Olga mit ihren trampelnden Schritten:"Wie se drieben immer Hetze gen die Italiener gemacht hoamm, Italiener, die Gastorbejter igitt, Italiener, die Singvögel fangen. Meen Jott! Nu nu?!, was soll ma inner kargen Steppe oo machen außer Veegel fangen, wachsen tut do nischte!"

Jeder riskiert einen Blick auf den Polnischen Poker:

Roswittl zu Danuta Kartenspielen:"Jetze iss Sie an der Reihe."

Katl:"Nu mach amal!"

Danuta:"Nieh so hastig!", und legt een paar passende Karten hin nimmt sich neu, een Polnisches Gesellschaftsspiel.

Katl:"Niemoahls im Läbn wär Ieh von selbst um Viere frieh ufgewacht; aba d Siebenschläfer ufm Speecher tanzen wie de Bekloppten."

Heinrich:"Hoostiere in Gerrlitz!"

Jette:"Du, mir hoamm Fledermäuse im Keller. In Gerrlitzer Kellern normoahl."

Katl:"Eeene Kakophonie wie im Albtroom! Bis Ieh unter der Dusche war, war der Spektakel fättich, die Siebenschläfer hoamm mich geweckt wie n Wecker."

Miauen vom Hof. Eine guckt ausm Fenster:"Du Heinrich, do miaut ne

Kotza", alle strömen ans Fenster, eine Andere:"Du, do ies noo eene, die miaut oo,", ein anderer sagt "Ieh seh noo ne Dritte", einer sagt "die watten uf irjendwoas."

Heinrich:"Was'n jetz los!", und alle dann runter ins Parterre raus auf den Hinterhof, Heinrich vorneweg:"Doas jiebts jo gor nieh! Was machtn ihr fier eenen Spektakel?!"

Roswittl:"Guck amal Heinrich, die eene Kotza hottn Vogel im Maul, der Vogel richtich wuchtig !", Katze legt Vogel vor Heinrich und setzt in doas Miauen der anderen Katzen ein.

Heinrich:"Die Kotzamusik ies ju nimmer uszuhalten! Iests jetze su, doaß ihrs unter eurer Wierde findet, Fangerle zu spielen; und die Bäume spielen Vastecken." Heinrich kopfschüttelnd ‚Heinrich verschwindet, man hört ihn die Treppe raufeilen, man hört Geschirrgeklapper und man hört Heinrich die Treppe wieder nach unten eilend, er kommt mit der 1LiterMilchTüte und gibt den Katzen auf einige Untertassen Milch, auf die sich die Katzen stürzen. Daraufhin alle StraßentheaterLeute wieder zum Kaffeekränzchen. Olga Kartenmischen bei Kartenspiel; Olga die Faust in die Hüfte gestemmt:

"Nu?!, Ich am Boom im Stähn Schlafen uf der Flucht. Doas kennt ar mir glooben! Ieh bin Zeuge, wie es bee der Flucht gewäsn iss, und in Dräsden miet'den angeblich 30.000 Dresden isne Großstadt, Dreieinhalb Wochen vorher hott die Wehrmacht in goanz OstDaitschland, also Schlesien vakiendet, doaß die Russischen Panzer bald in Sichtweete sejnn, und jeder seen Läbn retten und irgendwie nach Westen kommen soll. Zu dem Augenblick waren 28GradMinus in Schlesien. Do könnt er aich vorstellen, wie do zu Fuß die jungen Mütter miet'ihren Babys erfroren sejnn."

Olli taucht auf, förmlich:"Guten Tag alle miteenanner!"

Olga:"Meene Schulzeet loaß Ieh amal Revuepassieren, Nu?!, do hoamma schon glei Pinktlichkeet fiers Läbn gelernt. Und Ieh hoab bloß Volksschule! Und ICH weeß mehr als ihr GymnasialSchieler!"

Olli meldet sich zaghaft zu Wort:"Äh Ieh bin der Chef hier. Und ich bin jetzt da. Also , s geht los .."

KAPITEL 5
Gerrlitz: Stadthalle: Der Tag vor Tag Y:
10.45Uhr:
Olli mit gesamter Truppe an Stadthalle, wo groß Bremborium und
letzte Hand angelegt wird, die RiesenLeinwand ist beeindruckend.
Die Leute begrüßen sich mit Handschlag:
Margret:"Ach, der kleene Rainer! Na Grieß dich!"
Rainer:"Grieß dich, Margret!"
Margret:"Du, Ieh hoab dir was mietgebracht. Hemden und Hosen",
und überreicht ihm einen ganzen Stoß Kleidung," die sejnn in deiner
Größe. Du kannst ju mal gucken, wie sie dir gefallen."
Rainer:"Das iss aba lieb von dir, Margret! Vielen Dank!"
Katl:"Grieß dich! Holger! Na?"
Holger:"WM-Gruppe, doas iss wie Sprengstoff."
Margret:"Die Lösung iss Alkoholismus und Konsum: Gewalt gen
Froon, : Frau weggerannt, sowohl Moann wie oo Froo machen jetze
Flucht in Konsum-Terror. Een ausgefülltes Freies SexLäbn iss
schädlich fier die Wirtschaft, weil Glickliche Menschen bloß Luft und
Liebe broochen. Vahindere ma, doaß die Laide Glick erläbn, danne
kann die Wirtschaft plötzlich miet'allen unsinnigsten
ErsatzBefriedigungen vadienen. Een gutter Geschäftsmoann iss so
keusch wien Mönch, weil der Streß die Sexualität abtötet. Wirtschaft
bedeutet: Diesem Geschäftsmoann noo eenen neuen Sportwagen, noo
een Haus, noo een Auto und noo een Parkhaus und weeß Ieh
ufzuschwatzen, bis ma ihn in den Sarg geschwatzt hott."
Frank:"Die eefache Froo hott HOCHStatus: Schuhe Kleidung. Der
eefache Moann hott TIEFStatus: Bier. Beede, Froo und Moann,
bedienen gleichermaßen die Wirtschaft. Je kaputter Moann und Froo
sejnn, desto besser funktioniert die Wirtschaft."
Ursl:"Abdriften in soziale Bindungslosigkeit/Beziehungslosigkeit
Fraindschaften, Beziehungen, Ehe und Familie gähen zu Bruch."
Rainer:"HIV Bequemes Regulativ, die OrbeetslosenMassen
auszunutzen, in Medien als angebliches Wundermittel gen jede
erdenkliche Wirtschaftskrise."
Achim:"Woarum soll ma sich als Orbeetsloser schämen, wenn mir
SozialLeistungen beziehen. Mir holen uns bloß doas Geld, was uns
sowieso geherrt. Orbeetslosigkeit International begreifen. Damit von
Québec bis Polen/Tschechien sich die ProtestVabände autonom
vanetzen, ehe die Große Politik á la Fouché es fier die Bevölkerung der

Staaten iebernimmt."

Jippi zu den anderen leise:"Langsam wird mir wie Hefe."

Olli:"Die EhrenamtsOrbeet endet mit Beginn der FußballWM. Doas StroaßenTheater. Endlich machen wir das. Und wir heute 24 Stunden vor Anpfiff. Da sollte ma eigentlich die Nacht vorher schon zusammen sein."

Holger:"Nu nu?!, doas sag Ieh oo immer."

Roswittl:"Sogor Mehlbrot kommt und wird vom Balkon sprechen."

Rainer:"Wie vorm Begräbnis Totenwache."

Heinrich:"Wird die Republik ausrufen.Vom Balkon wie der Karl Liebknecht."

Olli :"Dieses Ereignis iss ein Aushängeschild fier Gerrlitz."

Die Gruppe wandert zum Hotel Monopol :

11Uhr:

Olli peitscht die WMGruppe an.

"Ihr seid gutt! Ihr seid die Besten! " klatscht in die Hände,"heute gilt es für alle Personen der Gruppe, möglichst vielen Passanten inna Stadt unseren Chinesischen WMGlückKeks mit dem Text:"Keine Macht den Drogen!" anzudrehn. Treffpunkt wieder hier Hotel Monopol 14 Uhr. Gebt euer Bestes!", und Olli rast davon wie ein WuschelDerwisch.

Heinrich:"Miet´eenem Engagement gäht der Olli ran! Als ginge es um den WMTitel. Und jetzt wird er wohl zu seiner Trommelgruppe nach Zittau fahren, weeß Ieh ?!"

Als ma von der Aktion 14Uhr zum TommyMichel wieder zurickgekehrt ist, fehlt Olli. Langsam versammeln sich Alle im Hotel Monopol:

Katl:"Nu, wo bleebt denn jetze unser Vororbejter?"

Ursl:"In der EOS = ErweiterteOberSchule ham wir gelernt. Gutte Lehrer. Hattes Pensum. So eene Schlamperei wäre undenkbar gewäsn."

AnnaMaria kommt

Holger:"Ah, die AnnaMaria! Nu, Mach die Annanass! Und wie biste miet´der Werbung vorangekommen?"

Alle Frauen außer AnnaMaria verziehen von Holgers derben Sprüchen angewidert das Gesicht.

AnnaMaria:"Grieß dich Holger! Ieh hoab hauptsächlich junge Laide vollgelabert."

Katl:"Na Du bist ju ne lustige Hummel! Vor mir sejn sie alle

wechgerannt. Will angeblich keener etwas miet´Fußball zu tun
hoamm. Do biste knülle!"
Ursl:"Ach woher denn! Wo es was umsonst gibt, gibts keene
Probleme. Mir hoamm sie doas Zeug aus der Hand gerissen."
Bernhard:"Hott der mich nackisch gemacht beem Kegeln ! Du,
kennen ock wieder mal ins Schläsche Tor gähn!"
Jippi:"Missen mir jetze ehrlich watten, bis der Meester kommt?"
Heinrich:"Scheiß der Hund drauf."
Matze:"Watte mal ! Mir wissen, doaß es morgen erst um Neune
losgäht. Vorbereiten missen ma nischt. Weil mir doas
StroaßenTheaterstück schon 500mal durchtrainiert hoamm. Hott
jemand n Stift?"
Katl kramt:"Nu freilich."
Matze:"Mir schreiben dem Chef n Zettel."
Rainer:"Ah Halt! Doas gäht ju ieberhaupt gor nieh! Der Olli hott
meen goanzes Zaich. Und nieh bloß Ieh! Die goanzen Requisiten von
oallen. Die hott der Olli in GroßHennersdorf. Und den Schlissel hott
der Heinzpeter mietegenommen. Und den Sepp findet ma oo
niemoahls, wenn ma ihn broocht. Mir kennen doas nieh riskieren!"
Katl:"Ach woher! Beruhigt aich ! Der Fritz muß eefach die Truhe
miet´dem LKW abholen. Doas Kostihm vom Heinrich hott der Olli oo
irgendwo vasteckelt und findet es nimma."
Heinrich:"Das iss eene Gruße Frechheit !"
Holger ärgerlich:"Do werd Ieh goanz wuschich !"
Jippi:"Wäre die WM beem Fiehrer gwäsn, danne hätten mir een
Hakenkreuz!"
Rainer:"Mir wird schlecht, wenn Ieh unsere Hemden säh. In den Müll
domiete. Oder zur Altkleedersammlung. Feerdergelder, ´AiropaStadt
´, wenn Ieh Doas schon heere! Uns kann keener zwingen, diesen
Schwindel mietezumachen."
Jippi:"Willste oalles kaputtmachen, was mir uns ieber die Jahre
miehsoam ufgebaut hoamm ?!"
Melanie:"Mußte immer dän UnFrieden ins Haus bringen! sejnn ock
hibsch."
Ursl:"Und die BRD-Flagge kann Ieh nausschneeden. Und zum
Putzlappen reechts allemal."
Heinrich:"Eene Kneipe hott nai ufgemacht inna Jakobstroaße.
Bernhard gähste miete?"
Bernhard:"Nej, Nej, Ieh muß mal meene Kommurke ufräum und

danne ins Schläsche Tor. Also wenn ihr mich fragt: Ieh laß mich krankschreeben, doas kennt ihr morgen oo gutt gerne alleene machen."

Heinrich:"DU, do komm Ieh miete. Een Vierteljuhr hoab Ieh den Streß miet´dem Stroaßentheater. do wird mar ock wengst bee der Vorstellung een paar Tage fehlen kennen! Mal wieder so richtich foolenzen. Foolenzen iss meen liebstes Hobby."

Jippi mit Drohefinger warnend:"Wenn doas der Addi wüßte!"

Matze:"Mach mit!, Machs nach!, Machs besser! Im Farnsiehn Sonntag 10Uhr: Sportlehrer Addi! HäHä!"

Mario:"Das Stroaßentheater von Jelenia Gura kommt oo. Do kennen mir Olli nieh sitzen lassen. Jetze machen mir amol: Munne frieh um Naine hier! Und gutt. Do kennen mir uns doas Feedback sparen. Mir hoamm jetze schon kurz vor um, glei Fuffzähn Uhr ." Allgemeiner Aufbruch. Marios Stimme hat Gewicht.

Achim:"Usa läßt es merken, daß all ihre World Trade Center Vietnam Rambo BRD GeschichtsSchreibung Liege iss. Und Genau Doas iss doas I-Tüpfelchen, es iss die letzte Instanz und QuintEssenz des Korrekten Menschen. Doas iss noo viel besser als Zuchthaus. Schiitischer Ketman bei Tristan/Straßburg, Mittelalter, Nu nu?!, doas findet ma nur, wenn ma genau hinguckt." Fragende Blicke der anderen „Das isn Epos."

Heinrich:"Bernhard von Clairveaux, do weeß Ieh oo etwas, der hott ock irgendwas miet´den Klöstern hier in Schlesien zu tun, nieh ?"

Rainer:"Zisterzienser Klöster meenste. Na, do hoamm mir eenes goanz inna Nähe: doas Zisterzienser Kloster Marienthal/OberLausitz. Doas iss aba Sachsen wie Bogatynia/Reichenau."

Katl:"Holger, du hast ock immern paar Schnitteln dobei. Gibste mir bitte eene ab?"

Holger:"Nu klor. Ieh guck amol", kramt in seinem Rucksack, holt das Essen heraus und gibt der Katl was mit den Worten „Fress nieh so viel ! Wie gerne wäre Ieh jetze Traktorist. Ieh hätte bloß mich und meenen Acker. Aba Ieh muß Lampenfieber hoamm wegen morgen."

Matze:"Anti-Potenz-Tee, doas heeßt 'Hängolin Tee' gabs bee der NVA, do wird ma ruhig. Dän hoamm die Diensttuenden gekriegt."

Holger:"Ich tu hier ju oo eenen Dienst. Aba ohne Potenz! Oh Je! Do läuft ju iberhaupt nischt."

Katl:"Du, Holger, doas gäht oo den Froon so."

Mario:"Das könnte mich jetzt werklich ufräjn, doaß Olli nieh hier iss.

Der könnte ju mindestens anrufen, doaß er nieh kommen kann."
Heinrich:"Na, der Olli muß nu oo als Selbstständiger Lehrer an dree
Orten gleichzeitig sein. Mobil und Flexibel nennt doas der
Orbejtsmarkt."
Jippi:"Sicher goanz scheen stressig fir seine Ehefrau und die Kinder."
Matze überlegen:"Kann ju n Drachen steigen lassen."
Jippi kichernd:"Liebling, is heut wieder spät geworden."
Katl:"Na, do wirde der aba eene Schelte von mir kriegen !, wenn Ieh
den goanzen Tag alleene miet´den Gören und dem Haushalt."
Matze:"Du, Ieh gloobe, die iss oo selbständig. Vielseitig muß ma sein.
Doas muß ma dem Olli schon lassen! Und all doas miet´Kindern! Een
Job und Kinder kann ma haide nieh unter eenen Hut bringen. Machen
mir ock mal Feedback."
Hannel:"Immer die Frage: Kinder Ja? oder Nee ? Die
Vorstellungsgespräche kotzen mich an. Ieh bin 20 . Meen Orbeetsläbn
beginnt gerade."
Matze:"Meene Schwester hott geheiratet. Muskauer Heide. 3Tage
Feiern. Ieh bin völlig fättich. 3 Tage gesoffen. Herrlich. Und mich
kann keener errheeschen. " lustig keck,"Und im See schwimmen :
Schwimmen und Fische um d Fißl !"
Katl:"Ih!"
Matze:"Doas iss ock scheen!"
Melanie:"Ieh hoab Angst. Keene Ausbildung. Und jetze oo noo
arbeetslos."
Matze mit wegwerfender Handbewegung:"Wir LangzeitArbeitslosen
zählen in der Statistik offiziell gor nieh als Arbeitslose."
Melanie mit hoffnungsvollen Augen:"Nu nu?!", dann ihren Blick
senkend und hoffnungslos den Kopf schüttelnd.
Jette solidarisch Hand gütig Melanie auf die Schulter klopfend:"Ieh
hoab oo Angst. Kann Ieh in meener Wohnung bleeben? Doas Geld
reecht nimma. Orbejt, wie Ieh es mal hotte, wirds nimma geben. Aba
aus dem Gedankenkreis kommt ma bloß miet´eenem Schaden. Aba
mir sejnn nieh alleene. Ieh muß es in den Griff kriegen."
Matze:"Entweder Familie ODER Orbeet. Vor diese Entscheidung
wird ma vom Orbeetsamt gestellt."
Heinrich:"Probezeit als Mittel der Modernen Piraterie."
Holger:"Die Themen, doas iss wie Sprengstoff."
Margret:"Gewalt gen Froon, Frau weggerannt, Flucht in Konsum-
Terror."

Fritz:"Froo HOCHStatus: Schuhe Kleidung, Moann TIEFStatus: Bier."

Ursl:"Abdriften in soziale Bindungslosigkeit/Beziehungslosigkeit. Fraindschaften, Beziehungen, Ehe und Familie gähn zu Bruch."

Rainer:"HIV = Bequemes Regulativ, die OrbeetslosenMassen uszunutzen, in Medien als angäbliches Wundermittel gen jede erdenkliche Wirtschaftskrise."

Jette:"Verordnete Armut, Abwanderung nach dem Westen."

Mario:"Orbeet ohne Entgelt = Moderne Sklaverei."

Fritz:"Sozialverbrecher."

Frank:"Die Neue FamilienPlanung."

Achim:"Mir holen uns bloß doas Geld, was uns sowieso geherrt."

Katl: VOR HIV bekam Ieh 654,- Orbeetslosenhilfe, MIT HIV bekomm Ieh 250,-, während Sohn jetze Lehrstelle."

Frank:"Läbnslüge: morgens raus aus Wohnung. Läbnswerk: Hausbau nach 20 Jahren valiert ma wegen HIV doas Haus."

Mario:"Vermittlungsfirma."

Matze:"KirschenpflückenJob vaordnet von HIV:4,25 brutto/Std, nach Abzug von allem so gutt wie nischt verdient. Die sollen mich mal zu ner DüngemittelFabrik schicken, danne bau Ieh ne Bombe. Do wirste zum Terroristen !"

Stadthalle, Neiße Grenzübergang: Abends zur Zeit vom Schlafengehen, ungefähr 21.30Uhr:

Polen haben Trompeten, zum Gedenken an Johannes Paul II

Beirut, Ayn El Mreysse:

Urlauber spazieren am Grand Serail in den Grünanlagen bei den Ausgrabungen der Colonia Julia Augusta Berytos.

Urlauber:"Wo ist die Sphinx?"

Zur gleichen Zeit ist der aidarMuezzinGesang Abendgebet aus den Lautsprechern hier im 5SterneHotelsViertel Ain El Mreysse. Herrlich! Der Tag geht in Abenddämmerung über, wachsender ja wachsender Halbmond, steht quer oben im Westen Und das Meer! Tiefschwarz. Und keine 200Kilometer nördlich, da ist Zypern, ein Nachbar, der bis vor kurzem noch eine andere Welt war. Und 2Kinder, Jungs 8 oder 9 Jahre. Baden schwimmen im Mittelmeer, lustiges Kindergeplärre, klettern wieder raus, und springen wieder rein ins Mittelmeer/ glitzernde Meer.

Und die Lichter an der Küste nordöstlich von Beirut fangen an, anzugehen. weiter Blick 50Kilometer, halber Weg bis zur Syrischen Grenze.

Jeitaoui, Christlicher Bezirk, Rue Saint Louis:
Mittags. Zur Mittagspause treffen sich zufällig Männer. 4 Taxifahrer in 4 Märzedessen. Und der Zufall hat es gewollt, daß diese Menschen jeder für sich einem anderen Volk angehört, Nabil, ein Filastini, Ali ein Schiite, Mohammed ein Suunite, Pierre ein Christ, aber die gleiche Arabische Sprache sprechen. So vertreten sie sich zur Mittagspause die Beine.

Einer mit einer Zeitung in der Hand:"Geht ja bald los mit der WM!"
Der Zweite:"Fußball Kurat alkadam!"
Der Dritte:"Fußballspiel muba:ra:t kurat alkadam!"
Der Vierte brüllt freudig:"Goal! Tor!" Alle lachen. Ohne, daß sie sich abgesprochen hätten, bewegen sich diese vier Männer gemeinsam in eine Richtung. Sich verdient von der Arbeit erholend flanieren sie in eine Seitenstraße, man plaudert ..

Mohammed beginnt:"Und wie geht's der Familie?"
Nabil:"Gut, So Gott will."
Ali:"Aidar Shia! Der Gebetsgesang ist mir eine Stütze."
Mohammed:"Es gibt nicht nur Schiiten im Libanon. Hilal und Nijmé/Nischmee = Der Islamische Halbmond und Stern!"
Pierre:"Kanißee = Die Christliche Kirche. Das Christliche Kreuz, Wir müssen alle unser Kreuz tragen."
Ali sagt etwas ironisch:"Bist du verrückt madschnu:n ?!"
Nabil erhitzt:"450.000 Filastini gibt es im Libanon. Wir sind hier und hier bleiben wir."
Ali:"Ach hör mir doch mit den Falistin auf."
Nabil erbost schulmeisterfinger:"Filastin!"
Ali ungerührt:"Die Shia hat 55%, das ist mehr als 2 Millionen von den mehr als 4 Millionen Libanesische Bevölkerung."
Mohammed:"Die meisten der hiesigen Hotels in Beirut oder Beirut/Ain El Mreysse gehören Palästinensern, die die Chefs oder Eigentümer sind."
Pierre:"Nagib Mikati ist der 2.reichste Mensch der Welt nach Bill Gates."

Mohammed:"Jetzt erklär mir mal, wie Michel Aoun mit Hezbollah kooperieren will?"

Pierre:"Ich weiß es nicht. Michel Aoun hat den PolitKooperationsVertrag mit Hezbollah unterschrieben, mir scheint aber, daß Michel Aoun auch gegen Hezbollah arbeitet, er spielt nicht mit offenen Karten. Aber wer kann das hier schon?! am 1Tag so, am anderen das Gegenteil. Michel Aoun kann nicht mal so, und dann wieder anders. Aber er hat Macht. Ich denke, Michel Aoun wird im Libanon machen, was er will."

Mohammed:"Michel Aoun hat ne Menge USDollar geschenkt bekommen."

Pierre:"Jede Partei kriegt im Libanon Unsummen von Geld" und verzieht mürrisch beleidigt das Gesicht, wendet sich ab und tut so, als würde er am Gespräch nicht weiter teilnehmen wollen.

Mohammed lacht:"Libanesen LIEBEN es , über Politik zu reden. Und wo? Da wo´s keiner hört. Aufm Bürgersteig, im Park.."

Ali:"Im Park?"

Mohammed:"Ja genau, im Park ganz besonders. Und genau wie wir jetzt."

Pierre will sich wieder einschalten, aber läßt es dann, hält sich zurück, hat ja doch kein Sinn.

Mohammed:"dschamma suuna, Unsere Suunitische Moschee! Ach herrlich!"

Ali:"dschamma schije, Wir haben auch ne Moschee, die ist noch herrlicher!"

Pierre kann sich nicht mehr zurückhalten, prustet heraus:"und die christlichen Kirchen! Kanißee! Wir Arabischen Christen sind hier seit Menschen Gedenken."

Nabil:"Das große Rondell zwischen beiden Moscheen heißt Schatila. Warum wohl?"

Pierre abwehrend:"Politiker. Lassen Sie mich mit den Politikern in Ruhe!"

Sie kommen an einem Lebensmittelgeschäft vorbei, wo GlücksSpielWerbung über dem Gemüse hängt.

Jungen und Mädchen kommen vorbeigeschlendert, fröhlich, scheinbar ist die Schule aus. Arabisch verabschieden sich einige und werden verabschiedet. Ein BRD-Urlauber erkundigt sich unbeholfen mit Händen und Füßen bei den Schülern wegen Sehenswürdigkeiten, der Urlauber spricht kein Arabisch, und die Schüler sprechen kein

Deutsch, Kommunikation ist dennoch möglich, der Deutsche Urlauber bedankt sich, man verabschiedet sich, einer der Schüler sagt sogar den Gruß „Schalom", der Urlauber wundert sich.

Die andern Männer zucken zusammen, ihr Gesicht versteinert sich.

Manche Jugendliche strömen ihrem Heim entgegen, die andern ziehen weiter.

Ali:"Verführung zu LoddoSpiel leider hier überall in Beirut.

Glücksspiel hat der Westen zu einer Religion gemacht. Hezbollah´s mutmaßliche Katjusha Raketen auf Israelische Zivilisten verursacht Israel´s Auslöschung von Zivilisten im UN-Lager in Qana. Israel nennt die Bombardierung des UNcamps „nicht absichtlich". Die Juden sollen mal ganz still sein. Die haben auch nicht vor der Ermordung der Familien von unsern Soldaten zurückgeschreckt. Sind unsere Familien keine Zivilisten?"

Mohammed:"In Qana erhielt Israel den Vorwurf des Terrorismus und Genozids."

Ali:"Hezbollah hatte nur Soldaten bekämpft! und keine Zivilisten. Nicht so wie die Hamas!"

Nabil ärgerlich:"Hamas Zivilisten! Hezbollah soll mal ganz ruhig sein. Die haben auch so manche Zivilisten aufm Gewissen. In meiner Heimat töteten die Israelis regelmäßig Zivilisten. Ist da Vergeltung plötzlich nicht erlaubt oder was?!"

Mohammed:"Moslems sind statistisch weniger wert als Israelis.
Südlibanon 1982 bis 2000: mehr als 500 Zivilisten=
mehr als 90% Libanesen oder Palästinenser,
weniger als 10% Israelis."

Pierre:"Dies erklärt sich wahrscheinlich daher, daß Israel und Verbündete in Security Zone grundsätzlich zuerst geschossen und dann gefragt haben. Seit 2000 Israels Rückzug.."

Ali:"den wir der Hezbollah zu verdanken haben!"

Pierre:"Seit 2000 Israels Rückzug ist nach historischen Standards bis heute eine vergleichsweise sehr ruhige Periode mit keinem Terror der Hezbollah und wenigen Toten."

Mohammed genüßlich mit Hieb gegen Ali:"Schon 2001 ist eine Zeit, in der al-Arabiya und der CNNClon Al-Jazaira dem HezbollahFernsehSender AlManar in der Gunst der FernsehZuschauer restlos den Rang abgelaufen haben."

Ali:"Wenn ich daran noch denke. Angefangen hat alles 78 mit Litani, Hundertausende haben die Israelis aus dem Südlibanon vertrieben.

Und dann durften wir in die Heimat zurück! Und vorher SicherheitsZone. Pah, wenn ich daran schon denke. Kurioserweise trat das ein, was man eigentlich vermeiden wollte: Diese Zone wurde zur Insecurity Zone. Die SecurityZone senkte nicht etwa die Gewalt, sondern: war ein Antrieb für mehr Gewalt. Hezbollah erklärte, daß die Welt zwischen Unterdrückten und Unterdrückern aufgeteilt ist, Unterdrücker sind „die Länder der arroganten Welt", besonders Usa und UdSSR. gibt's da irgendwas dran zu zweifeln!"

Pierre:"Die Entrechteten. Das ist was für die Kinderstunde. Robin Hood. Darüber lacht heute der Westen. Der Westen schafft es nicht, Mitleid zu empfinden, solange der Kapitalismus.."

Mohammed:"Hezbollah ermordet 84 und 85 etliche vielleicht Hunderte von Mitgliedern der Kommunistischen Partei in Libanon. Jetzt sag nur einer, daß das den Usa nicht gefallen hat."

Ali:"Aber das isses ja gerade. Hier wird Usa offensichtlich. Seit Seniora ist der Handel zusammengebrochen. Seit Hariri´s Ermordung, und die ganze Wirtschaft ist Scheiße, Und dies haben wir George Bush und Seniora zu verdanken."

Mohammed:"Ich war früher in Deutschland."

Alle andern:"Ah! Almaniya!"

Mohammed:"LKW-Fahrer: Köln, Stuttgart nach Algerien, Nigeria. Aber plötzlich sind all diese dollen Arbeiten zusammengebrochen, ich bin jetzt zurück in die Heimat. Aber auch hier ist die ganze Wirtschaft am Zusammenbrechen. Es scheint, die Welt wartet auf irgendetwas. Jetzt bin ich Taxifahrer, und das reicht in Beirut nur gerade mal so zum Überleben."

Pierre:"Wir Libanesen arbeiten ALLE im Ausland, die Emirate, WestEuropa. Und dann kommen wir heim, und wollen unsere Heimat aufbauen."

Nabil:"Michel Aun geht so. Aber Hezbollah, Amal, Katib sind alle genauso schlecht. Borj El Barajne gehört den Filastini. Aber mit Seniora gibt es absolut keine Wirtschaft. Seit Hariri ermordet wurde, geht die Wirtschaft kaputt."

Pierre lacht:"Da sind die Aktien gefallen. Es wird ja wohl keiner so frech sein und vermuten, daß die Wirtschaft ihre Finger im Spiel hat."

Mohammed ernst:"Wenn alles gut geht, wird die Wirtschaft 1Jahr brauchen, bis wir wieder so weit sind wie mit Hariri."

Ali:"Wir brauchen einen neuen PremierMinister. Es kann nicht sein, daß Siniora mit seinen 55% Libanon bei George Bush vertritt. Ich

möchte wissen, was die im April miteinander ausgeheckt haben."
Pierre:"Siniora will die Hezbollah entwaffnen. Ein Internationaler Gerichtshof soll entscheiden. Zu so etwas hat Siniora keine Legitimation."
Mohammed:"Siniora ist mit Frankreich und Usa verbündet. Internationaler Gerichtshof in Den Haag,"lacht," da sollen sie mal mit George Bush anfangen," lacht,"und Sie, Pierre? Glauben Sie, die Christen haben Zukunft?"
Pierre:"Die Christen haben die Macht. Die wollen sie auch behalten."
Mohammed:"Michel Aoun träumt davon, Libanesischer StaatsChef zu werden."
Pierre:"Ja, das weiß man."
Nabil:"Überall in Borj El Barajne PalästinaFlaggen. Seltsam, daß heute die Männer das PalästinenserTuch Hattr nur noch selten tragen."
Mohammed:"Genügt doch, wenn eure Frauen die Mandi:l filastin tragen. Ihr Palästinenser seid hier noch nie richtig zuhause gewesen."
Nabil:"Das hat sich geändert. Gott sei gepriesen! Abu Ammar hat Frieden gemacht. In Deutschland nennt man ihn Arafat, der Terrorist. Israelische Terroristen gibt es bei den Deutschen nicht. Die soan: Den Anschlag auf Rabin hat einer von der Israelischen Friedensbewegung gemacht. Und außerdem geht uns InnerIsraelische Politik nichts an. Soan die Daitschen."
Mohammed ereifert sich:"Ermordung von Rabin. InnerIsraelische Angelegenheiten. Ist Al-Kuds Israel? Nein. Sie befinden sich in Al-Kuds und den sogenannten ´Palästinensischen AutonomieGebieten´ im Ausland. Seit 67 herrscht in Palästina permanenter Krieg."
Pierre:"Abu Ammar hat Frieden gemacht."
Mohammed:"Frieden mit den Israelis. Wie soll das gutgehen?"
Pierre:"Frieden mit Israel?", lacht,"Ich rede nicht gern über Politik."
Mohammed:"Wer tut das schon?"
Nabil:"Ganz Borj El Barajne sieht aus wie ein Ghetto. Und wie Spinnennetze überspannen Drähte kreuz und quer über Straßen und Gassen unsere Stadt."
Pierre:"Lassen Sie mich doch mit den Filastini in Beirut in Ruhe!"
Nabil:"Zum Glück haben wir Hamas und Fatah."
Ali:"Hamas und Fatah sind, ob die Libanesen es gern sehen oder nicht, Stabilisatoren des Friedens in Libanon."
Pierre:"Ja natürlich. Und die Hezbollah ist nur eine

FriedensInitiative! Wo leben Sie denn!"
Mohammed:"In Beirut! Chatila ist eine Sehenswürdigkeit. Die würde ich Ihnen mal empfehlen!"
Nabil:"Danke."
Pierre:"HauptFeind der Hezbollah war Usa, das Israel als Sperrspitze gegen die Moslems des Libanon benutzte."
Nabil:"Ach die armen Israelis!"
Ali:"Hezbollahs Feind war in den 80ern auch Frankreich, sowohl wegen seiner langwährenden Unterstützung der Maroniten in Libanon, als auch wegen seiner Rüstungslieferungen an Irak. Wo war da Sinn für Kompromisse? Vermittlung mit den Feinden? Die Käuflichkeit der Supermächte UdSSR und Usa war klar, als sie 1982 brav still waren, als Moslems im Libanon brutal angegriffen wurden."
Pierre:"Libanon ist in den 80ern Ort für StellvertreterKriege für SaudiArabien, UdSSR, Usa, Israel, Iran, Irak, Syrien, Libyen und Frankreich."
Nabil mit Blick zu Pierre:"Wir Palästinenser leiden bis heute unter dem Rassismus. Die Israelis führen sich in Filastin auf, als wären sie da zuhause. Sie reklamieren Land, das sie vor Jahrtausenden einmal besessen haben. Was sind denn die Juden seit König David ? Sie sind nach einem historisch kurzen Königreich in der Menschengeschichte verschwunden. Wo sind sie denn vor 2000 Jahren zur Zeit von Jesus Christus ? Sie sind eine kleine Minderheit von vielen Minderheiten zur Zeit der Römischen Provinz ´Palästina´. Aramäisch ist die Umgangssprache der ganzen Bevölkerung Palästinas zu dieser Zeit. Hebräisch hat es als Umgangssprache nicht mehr gegeben, sondern nur noch als Liturgische Sprache. Das sagt Ahmed Jibril."
Pierre:"Ein Terrorist. Zum Glück, daß der keine Lobby hat."
Nabil:"Und weil er recht hat, verteufeln ihn die Juden. Und heute wollen sie Palästina. Das ist als würden die Araber heute Andalusien beanspruchen, .."
Pierre:"Ich weiß, es ist, als ob die Kelten heute in Irland Schlesien zurückhaben wollen, das sie vor 2000 Jahren besessen haben."
Nabil:"Und was für ein Unterschied, Andalusien, wo sie eine blühende Kultur für 700 Jahre gehabt haben."
Pierre:"Das ist wie die Deutschen in Schlesien. Aber man muß sich mit der Geschichte abfinden."
Nabil:"Historiker. Historiker der Siegermächte müßte man sein. Was für eine Wissenschaft! In der Heimat sind wir Untermenschen. Und im

Libanon sind wir rechtlose Flüchtlinge. Wo ist denn die Demokratie ? Ich denke wir sind 10% der Libanesischen Bevölkerung. Würde Gerechtigkeit was an den Parlamentssitzen ändern? Gäbe es da was zu fürchten? Machen wir doch ne Volkszählung!"
Alle anderen im Chor :"Lieber nicht!"
Mohammed:"Wir alle haben unter dem Krieg gelitten."
Pierre:"Usa war nicht ganz unbeteiligt. Usa hat auch viele Soldaten verloren."
Nabil:"Ach ja? Wieviel denn? George Bush Senior verspricht Khomeini´s Iran 1989 feierlich, bei Mitwirkung zur Lösung der Geiselnahmen gute Beziehungen zwischen beiden Staaten. Als aber Iran 10Jahre später die Vermittlung zur Beendigung aller Geiselnahmen der Hezbollah im Libanon erreicht hat, hat Usa sein Versprechen gebrochen. Giandominico Picco ist damals der Vermittler gewesen, den Perez de Cuellar geschickt hat. Und wie der Westen gehetzt hat und hetzt!"
Pierre:"Heute ist klar: Hezbollah hat sich militärisch außerhalb der Rubrik Terrorismus bewegt, nämlich, als Israel einen bedeutenden Teil Libanons besetzt hielt, was nichts anderes heißt als, daß Hezbollah mit allem Recht von Widerstandsgruppen gegen ausländische MilitärInterventen wie auch andere Libanesische Gruppen bei ihren Aktionen tödlichen Widerstand gegen die Ausländischen Israelischen Truppen leisteten."
Ali:"Die Israelische Invasion 1978, die die Flucht von HundertTausenden von Schiiten verursachte, die vor den Bombardierungen flüchteten."
Pierre:"Schlesien Februar 1945."
Ali:"Litani und die darauf folgende Revolution in Iran. Und dann sind wir nach 18Jahren Vertreibung und Besatzung in die Heimat zurück. Dank sei Gott."
Mohammed:"Wie soll man da normal bleiben, ich habe den Libanon, meine Heimat immer nur im Kriegszustand kennengelernt. Ob Michel Aoun träumt, libanesischer StaatsChef zu werden?"
Pierre:"Davon träumt jeder Politiker: viel Geld verdienen, und die Bevölkerung die Teuerung und alle Scheiße weiter leiden lassen."
Ali:"Najib Mekati ist der zweit-reichste Mensch der Welt, kommt gleich hinter Bill Gates."
Mohammed:"Schrecklich, wie die Kinder KriegsSpielzeug, ModellPanzer zum Kleben und Anmalen bekommen. Davon träumen

heute die 7Jährigen Kinder. Ich hab als 7 Jähriger nicht davon träumen müssen. Die gabs auch so."

Die andern Männer nicken nachdenklich.

Ali lacht:"Und Oprah Winfrey gebügelte Negerhaare im Fernsehen. Entschuldigung: ´Neger´ nennt ja Usa heute ´Schwarze´. Also Ich wär beleidigt, wenn man mich so nennen würde: Hey Du, Du bist ja ein Schwarzer", lacht,"Verfremdung UnterdrückungsMethode: Man muß die Personen, die man manipulieren will, vollkommen Verfremden, das heißt: die Gehirne leeren, und dann mit gewünschtem Inhalt wieder ganz neu füllen. Das riskiert, daß es das Ende der Kultur ist."

Pierre lacht:"Französischer PuppenTrickfilm in der Kinderstunde, Französische Uni ist Schmiede der Christen für PolitikLaufbahn. Laßt uns einen Schneemann bauen!"

Die Männer an einem Lebensmittelgeschäft mit Imbißstand auf dem Bürgersteig vorbeischlendernd und in die Schaufenster guckend.

Mohammed:"In EinweckGlas gefüllte Auberginen in Essig sehr sauer. Die sind sehr gut, das ist meine Leibspeise."

Ali:"Das saure Zeug. Ach, und jetzt einen Frühlingssaft!"

Einige gucken durstig in den Sommerhimmel.

Ali:"Ich habe eine Idee. Ich weiß, wo man guten frischen Orangensaft kriegt. Dafür müssen wir aber in ein Moslemisches Viertel fahren. Was haltet ihr davon?"

Die Moslems stimmen zu, der Christ überlegt.

Mohammed zu Pierre:"Kommen Sie mit?"

Pierre guckt durstig in den Sommerhimmel,"Einverstanden."

Nabil:"Wir müssen wegen der Parkgebühren sowieso schnell sehen, daß wir das Christliche Viertel verlassen!"

Allgemeine Zustimmung. Alle Merzedessen rauschen ab.

Moslemisches Viertel. Das besagte Geschäft. Alle lassen sich Orangensaft frisch pressen und genießen den Obstsaft wie ein Elixier.

Nabil:"Es ist verrückt, wie oft man hier Deutsch in Beirut hört."

Pierre:"Widerlich. Wenns den Leuten hier nicht gefällt, solln se doch in Deutschland bleiben!"

Mohammed zu Pierre:"Na, Sie haben sicher in Beirut studiert. Nicht wahr?"

Pierre:"Nein, in Paris."

Mohammed freudig überrascht:"Ich auch! Aber arbeiten kann man

da nicht. Na Sie schon, Sie sind ja Christ.“
Ali:“Ich würde gerne nach Deutschland arbeiten gehen. Wir Moslems kriegen ein Visum für Deutschland nur, wenn wir viel Geld haben.“
Pierre:“Ich sehe diese Ungerechtigkeit. Wir alle sind Libanesen.“
Ali:“Ich möchte so gern nach Deutschland. Aber man kriegt nur sehr schwer Visum, Visum kostet sehr viel Geld, unerschwinglich für normale Leute.“
Mohammed:“Na, jetzt geht ja gleich der Berufsverkehr los. Wollen wir alle wieder zurückfahren? Is nun mal günstig die Ecke mit den TaxiKunden.“

Gesagt getan. Alle wieder im ChristenViertel an der Hauptstraße. Alle parken kurz, steigen kurz aus.
Mohammed:“Wir haben Sommer, und jetzt kommen die Touristen! Vielversprechend für das Geschäft.“
Nabil amüsiert sich:“Bin ja in Deutschland gewesen.“
Die andern:“Was?! Wie kannst du nur! Unsere Heimat!“
Nabil:“Na und? Aber im Deutschen Film und Fernsehen können die Frauen einfach nicht aus der Flasche trinken. Könnt ihr euch das vorstellen. Die nuckeln an der Limoflasche dümmer als ein Baby.“
Die andern:“Ist der in Deutschland gewesen! Und warum kommt der dann zurück?!“
Nabil:“Und in unseren Arabischen Filmen: Hier trinkt die Frau RICHTIG aus der Flasche. Und da hab ich was gelernt. Hier dürfen die Frauen was, was sie in Deutschland nicht dürfen. Hier dürfen sie es.“
Mohammed:“Also ich halte bei der WM für Almaniya Deutschland.“
Ali:“Feres Karam hat ne neue CD“, und holt einen Baladeur raus und gibt den anderen zu hören, die sich um den Kopfhörer scharen. Allen Vieren gefällt Feres Karam. Die Musik spiel laut, während sie wieder zur Rue Saint Louis kommen.
Mohammed:“Ach Griechischer Wein! Ach und jetzt eine Flasche Rezina! Ach Herrlich!“
Die andern verziehen den Mund.
Nabil:“Laß uns nur mit deinen Auberginen in Ruhe!“
Ali:“Und jetzt genüßlich n Kaffee. Der ist hier sehr stark. In Italien muß man Espresso dazu sagen. Ach ich LIEBE Beirut!“
Rue St.Louis irgendwo berghoch fährt langsam ein Motorrad: Junge Frau mit hinter ihr noch einer Frau beide anfang 20, leicht bekleidet,

die Eine in Bluse und Minirock, die Andere in Bluse kurzer Hose, halbe Oberschenkel sind nackt, beide ohne Helm und lachen, bergrauf souverän, das ist Enduro 500.
Einer mit einer Zeitung in der Hand:"Geht ja bald los mit der WM!"
Der Zweite.:"Fußball=Kurat alkadam !"
Der Dritte:"Fußballspiel muba:ra:t kurat alkadam!"
Der Vierte brüllt freudig:"Goal! Tor!" Alle lachen.

Vatikan:
Papst Benedikt:"Was gibts Naies, Gerson?"
Kollege Gerson:"Draußen steht n Pater. Pater Höhnisch."
Papst wie vom Blitz getroffen in seinen Stuhl zurücksinkend:"Der hat mir noch gefehlt!" Sich mit der Hand den Schweiß vom Antlitz wischend faßt sich der Papst wieder:"Sagen Sie ihm, ich bin nicht zuhause. Gerson, Sie machen das schon. Ihnen fällt doch sonst immer alles ein."
Gerson hüstelt:"Pater Höhnisch hat sich angemeldet. Er hat n Termin mit Ihnen. Und seine Papiere sind auch in Ordnung."
Papst:"Der hat doch schon seine Kongregation. Was willn der noch mehr? Ts, Ts, haben ihm doch die Strafversetzung in den Afrikanischen Busch angedroht. Soll doch erst mal Papst werden, bevor der mitreden will."
Gerson:"China, da gäbs 1Milliarde, die er bekehren kann."
Papst:"Gerson, gar nicht unklug,"sinnend,"China, da wärn war ihn los."
Im Vorzimmer Rumpeln und Lärm, wie Kinder, die Fußball spielen. Papst ein Blick voll Angst.
Gerson:"Der Pater hat Kinder mitgebracht."
Pater Höhnisch:"Und hier der Römische FußballClub von HIV. Und 1Fußball." Ein HIVkind kickt den Fußball zum Papst. Der Papst ist erschrocken. Aber ja! Er fängt ihn. Plötzlich ist der Papst beglückt. Ein anderes HIVkind brüllt:"Grandios dieser Torwart!"Alle gröhlen..

der Tag Y
Gerrlitz:WMBeginn, Polen-Deutschland, Stadthalle GroßLeinwand StadtHalle ist in großer Vorbereitung.
2.30Uhr:
Postplatz: Eine Kolonne von 20GeldTransportern, begleitet von Armee und Bundespolizei, fährt in den Hinterhof der Spuoarkasse.

Geheimer Transport des ZTU Mehlbrot Skandal LandesBank Sachsen Geldes, scheinbar sind gar nicht so viele Milliarden in Usa versickert, sondern woanders. Frühgenug vor Haussuchung bei Taitscha Banck in Frankfurt/Main gerettet.

2.50Uhr:
Dieselbe Kolonne mit MilitärEskorte verläßt ohne Geld wieder die Spuoarkasse.

5Uhr: BismarckStroaße
BRD-Fahne weht träge über DönerImbiß. Ruhige Frauenstimme, Putzfrau, unterhält sich mit jemandem, andere Person nicht zu sehen. Licht ist an, Tür ist offen, als wär Döner geöffnet.

Backshop schönstes Schaufenster, aber die sparen sich die Innereinrichtung: Innen : leer
Kolonialwaren, Haus Ildi Konsulstr/Emmerichstr.: wie nach Bombenangriff
Friedenshöhe Park, Blick nach Süden: wie Amazonas, alles voll Nebel über den Wäldern und die Neiße entlang
Fledermäuse im Keller, Gerrlitz die BioStadt für Fledermäuse.

Gerrlitz, Stadthalle:
8Uhr:
Olli ist das erste Mal pünktlich. Olli Kommandoton wie auf Kasernenhof. Dabei hat die WMEhrenamtsgruppe nichts zu tun, als sich das Treiben aller möglicher Arbeitstrupps anzusehen. Letzte Hand wird angelegt. Girlanden verzieren immer mehr die Stadthalle. Die MehlbrotEmpore, wovon der Führer bürgernah zu den Massen sprechen will, die Tribünen für die Fernsehsender, auch ein Bierzelt, FressStände, und eine Sensation: ein werklich Öffentliches WC der EuroStadt Gerrlitz, das allerdings erst um 15Uhr bei Anpfiff geöffnet werden soll. Die RiesenLeinwand ist beeindruckend. Alles bunt, viele LKWs zugange, Stroaßentheatergruppen treffen ein. Volksauflauf. Beste Stimmung. Ein Volksfest.

Katl entdeckt die Hannel:"Ah, do iss ju die Müllern ! Na Schnecke? Und wie steht´s miet´dem Aufgebot? Hoabt ihr schon eene Wohnung in Österrreich?"

Hannel:"Grieß dich, Fersterin! Österreich. Nu freilich, es iss oalles klor. Und ne Fahrerlaubnis mach Ieh jetze oo."

Katl:"Du, doas find Ieh ju großartig! Muß ju anstrengend sein. Der Umzug. Doas goanze Hoab und Gutt. Oalles." sie entdeckt die Roswittl," Nu sieh an, die Schmittl! Nu nu?!, do broochste gor nieh so zu glotzen."

Roswittl:"Halt ock denn Maul! Die Fersterin! Wie die sich hier ufspielt! Ph!"

Katl:"Blond wie du bist, mußte goanz still sein! Sisste, die Müllern, die macht wengst was !"

Roswittl:"Du, Katl, ma kann dich nu werklich beneiden, denn Ollen hoab Ieh gestern gesähn. Een Schrank von Moann!"

Katl geschmeichelt:"Nu nu ?!"

Die drei Frauen lachen.

Olli:"Mir müssen abtrainieren, damit ihr die AlltagsDepression, in die ihr nach diesem ErfolgsEreignis wieder fallen werdet, verkraften könnt."

Roswittl:"Jetze Olli, räde uns ock keene schlechte Laune een."

Rainer:"Also Ieh muß nieh abtrainieren. haide um 15Uhr beginnt wieder doas normale Läbn nach dieser Scheeß Maßnahme. Endlich!"

9Uhr:

Margret hektisch:"Du, Maria, Du mußt jetze unbedingt miet´der Maske anfangen, sind bloß noch 4Stunden vor Vorstellungsbeginn. Doas schaffen wir sonst nieh."

Maria:"Ach woher! Ieh hoab aich schon 100mal geschminkt. Jetze iss 8Uhr. Es reicht oo, wenn Ieh um Zähne miet´aich anfange. Klappt schon miet´der Maske."

12.30Uhr:

Die Stadt ist wie ausgestorben.
JohannSebastianBachstroaße, Kastanienallee Gerrlitz/Biesnitz:
"Da muhen die Kühe so laut,
irgendwo muß eene Riesen Herde Rindviecher rebellieren !"
dabee ist das das StockCarRennen beem Rosenhof.

Gartensparte, Daatschen in Biesnitz
Costa del Sol Wetter, Rauschen der Bäume, Polnische Fahne in eenem

der Gärten,
aber nirgendwo Grillen, Bratwurst, Steak etc, keenerlei Grillen in
gesamter Gartensparte.
Und Keen Mensch zu sehen.

" aber Du bist oalles für mich"auf Radio Lausich oder BSA ,

Parkhaus
geheimnis arbeitslos, depressive Stimmung:
auf Boden gucken, nicht ins Gesicht gucken, mosern, nörgeln, popeln,
ungepflegt, schlampig die Hände und die Schuhe, Verzweiflung,
Selbstgespräche, den Mund wischen, 7.30 Uhr mit AktenTasche außer
Haus
im Geschäft was mitgehen lassen,
Fußball: gemeinsames PublicViewing von Polen und Deutschen nicht
möglich, weil Ausschreitungen von seiten Polnischer Leute im Vorfeld.

Karl-Marx-Platz:
Frau 20, Mann 20, Beide sitzen auf Bank:
Frau bewegt sich nicht, ihr Blick starr geradeaus, Mann unschlüssiger
Blick, sie sprechen nicht!, wenig, ernst. Mann bewegt sich schräg
rüber, verstohlen Kuß Hals, sie unverändert starr: siehe
Interpretationsmöglichkeiten:
Ist sie schwanger?
Unsichere Situation

Demianiplatz/Marienplatz:
Frau 24, mit Kinderanhang, Mutter reizbar, 3 Kinder, im Alter von 5
bis 7, Kind schüttet aus Jux heimlich Wasser von der
Freischwimmbad-Rinne hinten in Kragen, JungMutter schimpft kurz,
dann wieder TennisMimik zu ihren 3 Kindern, JungMutterMimik
statisch. JungMutter sieht gut aus,hübsches Gesicht, geschminkt,
aufgetakelt, ja schöne Kußlippen.

Mann 60, kurze Hosen, kräftig dickes Gesicht, zu schlampig und zu
einfach gekleidet, als daß es ein Urlauber sein könnte, schleicht über
StroaßenboahnGleise, sieht gepflegt aus, gehetzter Blick, traurig,
er trägt Tasche, setzt sich auf Bank,
nimmt Hände zusammen auf Schos zwischen Beine wie ein

schüchternes Mädchen
völlig rotes Gesicht, enttäuscht,
er sitzt als einziger auf Stroaßenboahnbank,
bewegt sich nicht, nur den Kopf,
starr nach Freischwimmbad-Rinne,
vielleicht denkt er über Kinder:
“Die haben noch Hoffnung.“

Hausmütterchen 35, schwerbeladen mit 3 Einkaufstüten, Gesicht
verhärmt, ernst
Wer nichts riskiert, kommt nicht nach Waldheim: Zuchthaus für
Nicht-Korrekte.

Frau 45, kräftig, Jeans, T-Shirt, kurze Haare,
erschöpfter griesgrämiger Blick, entschlossen,
Arme verschränkt, Mutter und arbeitslos?
Blick nach unten, leerer Blick

Mann 45, SchmollLippen, einsam, guckt verstohlen herum, als würde
er warten, humpelt dann wie besoffen über StroaßenboahnGleise zur
Kneipe

Die Säufer 20, 30, 40, 50, auf Bank glücklich, weil Flaschen bei ihnen,
gute Laune

12.30Uhr
MenschenMassen: Der StroaßenTheaterParcours von Stadthalle,
Puschkinstroaße bis Postplatz ist ein Tour de France Parcours,
Menschen Erwachsene und Kinder stehen Spalier und jubeln dem
Schauspiel zu. Schauspielerinnen glänzen in aufrgendsten Kostümen,
und Schauspieler tun es ihnen gleich, von MärchenFantasie bis Sartire
der alltäglichen PolitikKriegsdrohungen der NATO gegen Russland,
Schlesische Traktoren, Polnische und Deutsche, ziehen Figurenwagen,
die die Polnischen und Deutschen Kriegspolitikerinnen aufs Korn
nehmen, PDVChefin Felsbach und Kriegskanzlerin Nerkel, beide als
Riesige LesbenFiguren, in Reizwäsche, die 5Meter großen Figuren
werden von tatkräftigen Helfern bewegt, die Figuren verunglimpfen
die Politkerinnen, ganz so wie man es vom Berliner Karneval kennt,
die beiden Frauen himmeln sich an und gehen sich an die Wäsche, es

stört nicht daß der Nerkel ein rüttelnder Usa- und ein rüttelnder BRD-Penis vorne und hinten hineinpenetrieren, auf der Stirn der beiden energischen FrauenFiguren steht gut Leserlich "Daitsche FiggSaau" und an jedem HüftGürtel von jeder steht im gutleserlichen Spruchband:"Wir sind tolerant !", dagegen ist der Kölner Karneval ein schlechtes Heimatfest.

Heinrich mit Kaffeemaschine unterm Arm:"Schweenerei! Muß doas sejn?", kann sich eines Grinsens nicht erwehren. Heinrich auf dem Weg Parcours Puschkinstroaße hoch zu Postplatz. Platz der Befreiung Postplatz: der TommyMichel mit Riesigem Maibaum, und an Geschmacklosigkeit ist man hier nicht zu überbieten, an dessen Spitze träge jeweils 15mal10Metergroß die Deutsche und die Polnische Flagge wehen, jeweils ausgefüllt mit einer riesigen lustigen MikkiMaus und verziert an den beiden FlaggenRändern mit kleinen UsaFlaggen, wie man in Dresden zum Gedenken der Toten der Vernichtung am 13. und 14.Februar 45 stets die Achterboahn auf alle 2 Meter mit USFlaggen verziert. Die Schlesische Flagge hat man an diesem Feiertag wie immer in Erwartung der Großen Fernsehsender entfernt und vorsorglich im Tresor des Amtsgerichts eingeschlossen. Stattdessen eine EuropaFlagge am AmtsgerichtGefängnis. Welch tieferer Sinn! Und es strotzt eine goldene EuroStadtGerrlitz/Zgorzelec PlakatWand, Viereckig, von allen Seiten Lesbar, Quadratisch. An der MichelStatue ist hektisch Stroaßentheater zugange.

12.40Uhr:

Matze winkt seine Kollegen heran. Alle versammeln sich bei ihm.

Matze:"Mir hamm von Olli ju Spontaneität gelernt. Und jetze kommt es druf an, doaß mir doas anwenden. Also, Ieh gäh noomol oalles durch:

Erstens: Mir broochen Jemanden, der die Kommunikation von der Bank zur Polizei kappt. Ursl von der Post?"

Ursl:"Das mach ieh. Wer denn sonst. Ieh kenn die Brigitte, die iss mir noo was schuldig. Sie weeß bescheed, doaß Ieh mal kurz an ihrem PC was arbeeten muß."

Matze:"Mir broochen Jemanden, der die Polente vom Eengang der Spuorkasse abhält, damiet´die Bullen nieh reenkommen."

Heinrich:"Das mach ieh. Scheiß der Hund drauf!"

Katl:"Doas kann Ieh iebernehmen. Ieh hoab do schon eene Idee. Meen Oller kommt oo. Stroaßenboahn Notbremse und schon steht die

Scheeße."

Matze:"Ich schweeßn Tresor uf. Und ab. Die Stroaßenboahn muß genau danne halten, wenn sie vor der Spuorkasse iss. Heinrich? Katl?"

Katl:"Gäht klor."

Matze:"Is guttl, macht ihr doas. Die Sicherheitsalarmanlage muß abgeschaltet sein. Na doas mach Ieh lieber oo selbst. Der Chef oben im Vierten Stock muß beschäftigt sein. Der durf nieh Alarm an die Polente geben."

Roswittl sich zierend und sich geil findend streicht sich durchs blonde Haar:"Das mach am besten ieh."

Matze:"Wenn die Bullen kommen, danne kennen mir durch doas Klo von der Kafeteria in den Hinterhof am Gefängnis vorbei rieber zu MaxKönig. Deswegen goanz wichtig, Jippi, doaß du die Kantine unter Kontrolle hast. Sollte wider Erwatten jemand fragen, danne soan mir, mir machen ock bloß die Historienspiele vom Herrn Rühde."

Mario :"Ich könnte verleichte inna Bank bleeben und so tun, als wierde Ieh vamitteln. bloß zur Sicherheit."

Bernhard:"Oder Iche als Schwuli könnte soan:"Nur nieh so heftig. Mir wollen ock alle goanz friedlich bleeben." Bernhard wird von allen strafend angesehen. Bernhard sich entschuldigend:"War ju bloß so ne Idee."

Stroaßentheater:

12.50Uhr:

Platz der Befreiung Postplatz:

Olli:"Ich muß mich voll auf euch valassen können." Sein MobilTelefon klingelt. Fritz. Olli:"Haste die Truhe?"

Fritz informiert Olli gerade, daß die WMGruppe ohne Requisiten spielen muß, weil die Truhe im Lager in Großhennersdorf unauffindbar und scheinbar niemals dotte gewesen, daß daraufhin das Theater Gerrlitz angerufen die Info so aussieht, daß Olli die Truhe im Container in Gerrlitz gelassen und sich nicht weiter drumgekümmert hat, und daß das Tanztheater mit diesem Container mitsamt der Truhe bereits in Österreich auf Tournee ist. und daß somit alle Requisiten fehlen. Olli erbleicht. Olli spricht zur kämpfenden Truppe:"Wir sind ein Team. Ihr müßt jetzt locker sein. Ich erfahre gerade, daß wir ohne Requisiten spielen."

Rainer bemächtigt sich eines MörderGesichts.

Ursl:"Äh, Ich meene, wierden es oo een paar JakobBöhmeKlunkern tun?"

Heinrich:"Nu nu?!, die Historischen Gewänder vom Altstadt-Fest usw, nu?!

Roswittl:"Nu nu?! Da gibts doch diesen AltstadtFilm Sagen von Gerrlitz, den gibts als DVD beim Rundgang für die Urlauber. Im Vorspann und Nachspann wird für die Schneiderei dh Herstellung der Historischen Gewänder eine einzige Frau genannt. Doas stimmt doch gor nieh!"

Ursl:"Dabei haben das wir Frauen im Frauenzentrum alles hergestellt!"

Katl:"Nu nu?! Das ist ein starkes Stück! Nu nu?!"

Bernhard:"Hä? Weeß Ieh nieh."

Jette:"Ne Unverschämtheit! Doas weeß marock! Is ock Stadtgespräch!"

Katl:"Is ja mal wieder so tiepisch Männl! Doas weeß ock jäder hier in Gerrlitz!"

Holger:"Die Touristen, die sich die Sagen von Gerrlitz angucken und auch die DVD kaufen, wissen es nicht!"

Mario:"Nu nu?! Frauenzentrum machte alles mögliche! Man brachte das Material hin, und die Frauen dotte nähten, was auch immer man wollte, und das für vergleichsweise besten Preis in Gerrlitz. Komisch, daß man das Frauenzentrum verschweigt."

Hannel:"Historische Gewänder zum StraßenTheater? Was besseres gibts ja gor nieh!"

Ursl:"Da sejnn mir uns also einig!"

Die Rettung! Truppe marschiert FrauenZentrum Hospitalstraße, wo gratis von Bedierftigen Froon für eene Firma georbeetet wird. Dort ist gerade jeder zu Tisch oder schon beim Volksfest. Ursl organisiert, daß die gesamte Truppe in JakobBöhme Klamotten wieder richtung Postplatz ziehen. augenblicklich beginnt ihr Stroaßentheater..

Olli:"Gegenstandsübung! Mit eurem Körper gegen eine imaginäre Masse drücken, wie Wasser. Doas hoamm mir 100e Male gemacht, strengt aich an!" Passanten flüchten, als wäre eene Horde Irrerausgebrochen.

Frank:"Der Typ hott se nimmer alle."

Olli mit erhobenem Zeigefinger:"Die Pointe kommt kurz vor Anpfiff der WM an der Stadthalle. Daß nur alles klappt!"

Rainer:"Nu freilich." Trotz der Aufregung sitzt den Personen die

Freude im Herzen, daß mit diesem Tag die EhrenamtsMaßnahme zuende gäht." Rainer nur zu den nächsten:"Ich möchte im Boden vasinken! WMbeginn Pah. Gelb-Weiß spielt heut oo. Wie gern wäre Ieh jetze uf der Jungen Welt. "
Jippi begütigend in die Runde:"Seid lieb zueinander!"

Wachsende MenschenMassen auf Puschkinstroaße, Postplatz der Befreiung, Berliner Stroaße. Die EuroStadt Gerrlitz hat keine Mühen und Kosten gescheut und das Erste Öffentliche WC, allerdings nur für die Künstler geöffnet, ein unangenehm duftender Bauwagen direkt neben dem TommyMichel.
Fritz kommt mit dem LKW auf den Postplatz direkt vor die Prasserei.
Fritz beim Aussteigen begrüßt Ursl:"Watt jeht?"
Ursl:"Haste die Sachen?"
Fritz:"Hier, doas iss fier dich", und gibt ihr ein PCGerät, das Ursl in ihrer Handtasche verstaut.
Ursl attraktiv, edel gekleidet und dezent geschminkt, hochmodisch geht zielsicher auf die Bank zu. Mit einer Selbstverständlichkeit geht sie hinten rein ins Großraumbüro, sie sucht Brigitte auf, die sie wie eine sehr gute Kollegin an ihren PC läßt.
Brigitte:"Wie de weeßt, muß Ieh fier die Bewerbung zum VorstellungsGespräch zur Post. Ieh hoab sowieso Mittagspause. Bin friehestens in eener Viertelstunde wieder do. Du bist völlig ungestört."
Brigitte greift ihre Handtasche
Brigitte ironischer Drohefinger:
"Aba mach keenen Unsinn !"
Ursl freundlich mit wegwerfender Handbewegung:"Sei unbesorgt."
Brigitte:"Also Ieh gäh danne. een Streß iss doas immer!", und Brigitte ab.
Ursl alleine:
Ursl stöpselt was in den PC, stöpselt es wieder raus: und schon ist sie fertig.
Nach wenigen Minuten ist Brigitte wieder do und schimpft:"Een bleeder Hund. Er soat, eene Blondine iss ihm lieber!"
Ursl nimmt Brigitte tröstend in die Arme. Beide Frauen im Chor:"Männer sejnn Schweine!"
Ursl am Drucker mit einigen Papieren sagt zu Brigitte:"Ich hoab mir bloß mal ne Bewerbung ausgedruckt. Dank dir! Tschüss Brigitte!"
Brigitte:"Iss schon recht. Tschüss!" Kurzschluß! Alle Computer

bleiben stehen. Die Bank hat jetzt keine Verbindung zur Außenwelt mehr. Ursl raus aus Bank.

Holger hat von Fritz LKW übernommen und fährt vor Gefängnis und die Spuorkasse, wo schon Baustelle aufgebaut ist. Roswittl, Holger, Jippi .. Ein Trupp von Bauorbeetern und Bauorbeeterinnen, die Mario frühmorgens vom Orbeetsamt angelockt hat. Mario, öliger Geschäftsmann, dem Schlips und Kragen genauso gutsteht wie ein RollkragenPullover herrisch gestreßt vor der SpuorkassenBaustelle vor seinen Leuten:"So, Andi(Matze), Ihr kriegt 20Airo die Stunde. Seid unbesorgt. Ich hoab in Gerrlitz viele Projekte wie dieses. Ihr hoabt bee mir eenen Festen Job, Laide! Die Mauer muß aba haide hochgezogen sein,"haut auf seene Rohleggs," morgen iss Bauabnahme. Strengt aich mal richtich an! Andi Du hast ock deene Laide unter Kontrolle."Andi(Matze):"Gäht klor Chef."Mario dampft ab, in seinen Mercedes und ab. Andi gelangweilt und ruhig, jemand der langsam aba immer sicher und verläßlich arbeitet:"Also Laide, ihr hoabt geherrt, was der Chef gesoat hott."
Polizisten nicken ihnen wohlwollend zu, zum EuroStadtFest eener geregelten Arbeit nachzugehen.

Chefraum Spuorkasse: Blondine, wahrscheinlich die neue Praktikantin, sitzt auf Schos von SpuorkassenChef. Der telefoniert: SpuorkassenChef gelangweilt:"Et jeht! Helmut Kohle, Dieta Booln und eener von der ÄtzBeehTee. Die werden wahrscheenlich Rudolf Charming schicken." Und während die Blondine an seinem Schlipskragen fummelt,"d´Nerkel, die Kanzlerin? Weeß Ieh!", der Chef blind Fummelare unterschreibend:"Nu nu ?!der Mehlbrot kommt oo. Doas läßt er sich nieh entgähn." Chef geht zum Fenster, die Blondine aalt sich auf dem Schreibtisch, Chef mit Tel mit Blick Fenster raus auf Bauerbeiter, die den Asphalt mit zwei Presslufthämmern aufstemmen. Währenddessen im Bauzelt klettert Holger in die Kanalisation und beginnt seinerseits emsig mit Stemmaschine den Keller der Spuoarkasse aufzumachen. Der Keller ist heute sowieso unzugänglich, Chef mit Blick auf Baustelle vor der Spuorkasse und Stroaßentheater Getummel auf Postplatz:"Orbeet, nischt wie Orbeet den goanzen Tag!"

Matze als Monteur mit Hebammskoffer. Wird ins Herz der

Spuorkasse geleitet. Er als Klempner macht sich dran. Verwunderlich ist nur, daß Matze, sobald er alleine ist, wie nebenbei aus Versehen eine Überwachungskamera beschädigt, so daß im Sicherheitsbüro der Bank die Lichter ausgehen. SicherheitsMann am just leer gewordenen Bildschirm zwei Stockwerke über Matze:"Is bloß der Monteur", lehnt sich zurück und macht ne Bierflasche auf und trinkt.
Matze nuschelt vergnügt:"Hoab Ieh selber eengebaut. do kann Ieh se oo wiederausbauen. Sisste, hott ock oo Vorteile die Pusche."

Jippi in Spuorkasse rein, sieht sich nach VideoKameras um, findet die richtige und grinst über beide Backen in die Kamera. Jetzt wird er aber von einem BankMenschen freundlich angesprochen:"Sie wienschen?"Jippi spontan:"Ieh wullt een Konto eröffnen. Bin aba HIV. Macht doas was?"
Angestellter unüberbietbar charmant schmunzelnd:"Infiziert oder infiziert?"
Jippi:"Beedes."
Angestellter :"Danne könnt Ieh Ihnen doas Kuschelpaket anbieten: RastaRente, Krankenkasse soviel sie wollen und Sterbegeld eengeschlossen, doas iss ock was!, zu Ihrem Glick hoamm mir doas wieder im Angebot, Sie missen bloß hier unterschreeben. Jippi unterschreibt blind und sieht sich währenddessen die Überwachungskameras an, do hat er auch schon die richtige gefunden und sieht sich währenddessen im ganzen Schaltersaal um.
Jippi: Hoamm se ne Toilette, Ieh muß kotzen."
Bankangestellter unüberbietbar höflich:"Aba bitte hier entlang, nee, fier Privatkunden die andere Seete."
Jippi wieder draußen, gibt Zeichen zu den Bauorbeetern, geht zum LKW und entnimmt ihm Gemüse und Bierkästen, die er auf einer SackKarre geschickt in die Bank transportiert. Als hätte er nie etwas anderes in seinem Leben gemacht. Jippi zur Kafeteria, zu den dortigen Leuten:"Ich bin von Sattgut und bringe doas Gemüse. Und was zum Trinken, domiet´es besser rutscht."
Ein Mann:"Nur hereen in die gutte Stube. Reen miet´dem gutten Zaich in den Vorratsraum!", zeigt dem Jippi den Weg.
Ein Mann weiter:"Halt! Sie kennen glei woas dovon hier lossa. Doas iss ock Landsgrund? Oder ?"
Jippi:"Unser guttes Gerrlitzer Bier: Landsgrund! Was denn sonst !"
Ein Mann:"Nur her miet´dem Gemüse!", lacht, als hätte er schon

einen Schwips. Er behält einen Arm voll SalatKöpfen und kehrt zu seinen Kollegen zurück, die ausgelassen am Kaffeetisch sitzen.
Eine Frau ruft fröhlich:"Und doas Grienzaich uf die Schnitte!" Alle lachen. Vorratsraum: Fenster ist offen . Das Fenster in den Hinterhof.
In Kantine macht die Belegschaft ein vegetarisches Besäufnis. Jippi mit Drohefinger ruft in die Kantine:"Und nieh so viel Fleesch fressen!"In Kafeteria schon feuchtfröhlich alle besoffen.
Matze und Holger arbeeten sich mit Preßlufthammer runter in die Kanalisation, um die Bank aufzustemmen. Problem: Holger ist zu dick für die Kanalisation. Holger raus aus Baustellenzelt, und Rainer muß für Holger einspringen.
Roswittl haßerfüllt:"Beem Chef iss schon ne Trulla drinnen. Und oo noo ne Blondine! Wie Iche!"
Katl:"Wer iebernimmt´nn danne den Chef?"
Matze kommt aus dem Bauorbeeterzelt gerannt:"Kleener! Mir broochen dich!"
Rainer, der bisher sinnlos eene Schubkarre hin- und herfährt:"Na Endlich Orbeet!"
Matze, der zum stinkenden WC-Bauwagen rennt:"Roswittl , Kommando zurick! Laide ! Mietkomm! Mir disponiern um!"....
Heinrich mit Bierflasche und Hannel als Ehepaar. Sie haben Kinderwagen, Heinrich bleibt stehen, trinkt aus SchnapsFlasche , Hannel :"Kommste jetze Gewehr bei Fuß!" Beide gehen unauffällig an der Spuorkasse vorüber. Heinrich verzieht vom Schnaps das Gesicht.
Paoli kommt in diesem Moment mit seinem Referenten, dem GeheimdienstChef Meier1 in Limousine vorbeigerollt. Paolis Blick versteinert sich. Meier1:"Nur ruhig. Oalles im Lot. Wenn Nerkel an der Stadthalle 15Uhr die WM anpfeift, danne sejnn Sie der erfolgreichste Biergermeester, den Daitschland je gehoabt hott."
 Holger am Schalter mit Hamsterkäfig unterm Arm:"Ich wierde gerne fier mich und meenen Kleenen een Konto eröffnen."Frau am Schalter, die eine Hand fährt sofort unter die Tischkante zum Notschalter für die Polizei, Frau erschrockener Blick lüstern geöffneter Mund, besonders als sie spricht:"Dozu benötige Ieh aba Ihre Personalien, von Ihnen, von Ihnen Beeden", erschrocken hysterisches Zucken ihrer schamhaften Lippen, ihrer MundLippen, ihrer ..
Holger:"Woas? Reechen meene Personalien nieh? Sie hoamm ock meen´ Uswees. Doas hotts ock frieher oo gän, doaß ma n Konto eröffnen konnte. Warum gäht doas haide nimma?!" Haßerfüllter

OssiBlick. "Fier meen´ Kleenen hoab Ieh freilich nieh die Papiere dobee. Soll Ieh miet´der Hundemarke wiederkommen oder was?" wendet sich wutschnaufend ab. Holger denkt, spricht mit sich selbst, zieht ab, aba beim Ausgang Treppe hoch"Jetze gäht's ins Allerheiligste", kurzer genüßlicher Blick, dann wieder Haß, Nee, jetze gäht's zum Chef!"

Jette , Mario , Heinrich , Hannel: Die 2 Pärchen betreten unabhängig voneinander die Bank:

Zuerst Heinrich und Hannel:

Heinrich und Hannel mit Kinderwagen schalten das Babygebrüll vom RadioRecorder im Kinderwagen an kommen mit BabyGebrüll in die Bank: Jetzt betreten Jette als von den Sorgen der Reichen zerfressene Ehefrau mit QuietscheEntchen und Mario als Geschäftsmann die Bank.

Beide drängeln sich ruppig vor, an Heinrich und Hannel vorbei.

Heinrich:"Na hoppla!"

Am Schalter:

Jette:"Wir wollen unsere Sparkonten auflösen und nach Liechtenstein miet´dem Geld. Außerdem für unsere HIVBedurfsgemeinschaften eenen Bausparvatrag."

Mario:"Da wird sich ock was machen lassen, nicht wahr, nicht wahr?"

Bankmann schwitzt:"Liechtenstein. Die Alpen. Diese Natur. Herrlich!"

Während Matze den Tresor aufschweißt:

Bankmann:"Was riecht hier bloß so komisch?"

Augenblicklich hat sich Jette eine Zigarette angesteckt und qualmt wie verrückt:"Riechen? Ieh rieche nischt."

Bankmann:"Nu nu?!, doas riecht wie derheeme meen durchgeschmorter Computer", und ist beruhigt .

 Heinrich schnüffelt: Hier roocht jemand. Muß doas sejn?!" wütend zu Jette und Mario. Heinrich tippt der Jette auf die Schulter:"Sie denken wohl, Sie durfen hier roochen, bloß weil Sie was Besseres sejnn.."

Jette:"Nu nu?! Wir sind ja was Besseres."

Mario:"Kennen Sie Ihr Gör nieh besser erziehen? Ekelhaft dieses BabyGeschree."

Hannel:"Mario, was machst denn du hier?!"

Mario:"Ich kenne Sie nieh. Hannel, halts Maul!"

Jette stutzt:"Was?! Ihr kennt aich?! Mario!"

Mario Herr der Lage:"Geld regiert die Welt. Plebs gibt es überall. Liebling, Ieh kläre das."

Hannel:"Wer iss denn die Trulla? Mario, Du hast gesoat, du wierdest mir immer treu bleeben!", und schmiert dem Mario eine Backpfeife.

Jette:"Mario Schatz! Wer iss dieses Flittchen hier?" und schmiert dem Mario eine Backpfeife.

Heinrich außer sich:"Jette ! Was macht Sie miet´diesem Knilch! So tief biste gesunken!", und laut zu Mario:"Was bilden Sie sich ieberhoopt een!"

Alle 4 bedecken sich gleichmäßig mit Backpfeifen. Massenschlägerei. Nachdem Hannel ihrem Mann Heinrich eine Backpfeife gegeben hat, tritt sie gegen ihren Kinderwagen BabyGeschrei noch lauter. Alle schreien und alle prügeln sich. Ursl ist wieder hier. Elegant und attraktiv und als Einzige ruhig:"Was iss denn hier los?" bemächtigt sich des Kinderwagens, redet tröstend zum „Baby":"Iss ju wieder guttl " und schaltet auf einen RadioSender: Tanzmusik. Sie schnappt sich den Achim. Und beide tanzen durch die Spuorkasse. Spontane Rettung: Ursl verwickelt Achim in eine TanzEinlage und verursacht das absolute TanzFieber in der Spuorkasse: Arm und reich tanzen miteinander, kommunizieren miteinander, was sie noch niemals gemacht haben. Und jetzt Klassische Musik, Wiener Walzer.

Heinrich wütend zum KinderwagenRadioRecorder:"Scheiße, Und doas hott ma nu dovon! Kostet eenen Hoofen Geld. Aba s toogt nischt. Eens zu Eens Umtoosch hoamm sie gesoat." Einige Männer und Frauen mit Filzlocken beginnen, Walzer zu tanzen, die Musik wird lauter, und immer mehr Menschen beginnen Walzer zu tanzen. Auch Menschen, die sich völlig fremd sind.

Die Polizei hat ja sonst nichts zu tun, OrdnungsPolizei zu Baustelle, Blick auf die Uhr, zu den Bauorbeetern, die gerade den Geldsack ausm Bauzelt nach oben befördert haben und abdampfen wollen.

Matze:"Wo iss die Stroaßenboahn vafluchte Scheiße!"

Polizist:"Sie kennen hier jetze nieh orbeeten,"guckt mißbilligend Kopfschüttelnd auf seine Armbanduhr," Mir hoamm 14Uhr. Wäjen der Nerkel muß de Berliner Stroaße um 12.00Uhr frei sein . Nu nu?!, doas gibt wohl ne Geldbuße."

Bernhard:"Is ju guttl ", will schon zum Geldsack und bezahlen, aber merkt es noch. „Na, wird sich der Chef freuen. Na, is ju nieh unser Geld." Geldsack zurück, während Bauorbeeter oben alles abbauen, der Ausgang nach oben geht nicht mehr. Der Geldsack kommt zurück in die Kanalisation der Bank. Matze im Begriff raufzusteigen:"Wie, was iss jetze !?"

Rainer:"Kommando zurick. Mir kommen oben nieh raus."

Also 2 Leute, der kleene Rainer und der große Matze, in Kanalisation gefangen.

Holger poltert mit dem Hamster im Hamsterkäfig zum Chef rein, wo sich gerade eine entzückende Blondine an den Schlips rangemacht hat ..

Holger:"Ich möcht mich beschwern. Die Trulla am Schalter soat, doaß Ieh keen Konto eröffnen kann. Und Ieh wollt von Ihnen wissen Warum?"

Chef scheucht die Blondine wie eine lästige ScheißhausFliege davon, Blondine ab in Nebenraum, ward nicht mehr gesehen.

Chef konziliant:"Trinken Sie´n Kaffee?,"während er dem Holger Kubanische Zigarren hinhält.

Holger freudig:"Woas Iche ? Fier mich?" und nimmt die ganze Schachtel, steckt sie sich in die riesige Jackentasche, wird wieder ernst:"Also was is jetze! Krieg ieh´n Konto von Ihnen?"

ChefFuß angelt unterm Schreibtisch nach dem Knopf für die Polizei. Aber kann ihn nicht finden, tapst unmerkbar herum, aber dabei tapst er Holger selber auf den Fuß. Holger verdutzt:"Was solln doas? Bist du schwul?"

Chef räkelt und räuspert sich, rückt seinen Schlips zurecht und ist wieder Weltmann:"Mir freuen uns ieber jäden naien Kunden in unserer Bank."

Holger:"Sie meenen, do läßt sich was machen? Fier mich und meenen Kleenen?"

Chef:"Selbstvaständlich. Die Trulla am Schalter hott sich geirrt! Sie sejnn TierFraind, nieh ?"

Holger:"Na, wenn sie den Kleenen hier meenen? Nu nu?!"

Chef:"Das sieht ma je haide so selten. Wie heeßt er denn?"

Holger stolz und geschmeichelt:"Johannes."

Chef:"Johannes. Was fier een scheener Name fier den Kleenen. Durf Ieh amol? Is ju so een liebes Tier."

Holger ehrlich begeistert, auch einen TierFreund gefunden zu haben, öffnet den Hamsterkäfig, der Chef langt rein, und der Hamster beißt dem Chef die Fingerkuppe ab, Blutbad, Gebrüll hört man bis auf die Berliner Straße. Zum GroßEnkel spricht ein Opa mit HörRohr:"Ach doas iss ju der Tierpark, do briellt een Kamel!" Opa und Enkel ein

Herz und eine Seele.

Roswittl erotisch als LiebesDameKrankenschwester kann die Polizei
gerade noch vor der Spuorkasse aufhalten, denn die Stroaßenboahn
mit Katl hat Verspätung, Roswittl zu den Bullen:"Hoamm Se schon
Ihren AltstadtFestWegeZoll entrichtet?" Bullen verdattert und lassen
sich durch die attraktive Roswittl einlullen, werden somit aufgehalten
und vergessen ihren Einsatz.
Roswittl:"5Airo kostet doas."
Polizisten:"Was?! Bloß 5Airo. Danne aba los!"
Roswittl flüchtet. Polizisten ihr hinterher in die Spuorkasse.
Bürgermeister mit GeheimdienstChef sind weitergefahren.

Polizei Gobbinstroaße:
Paoli:"Ich hoab eenen Termin mit der Kirche."
Bürgermeister, ein Jesuit, Meier1, Görlitzer PolizeiChef,
AmtsgerichtChef, GroßraumBüro, 2Gespräche gleichzeitig:
Meier1 informiert den Paoli:
„Haussuchung in den Büros aller Mitglieder der ZTU in Gerrlitz."
Paoli erbleicht.„In diesem Oogenblick", Meier1 guckt auf die
Uhr,"werden die ZTU-Büros durchsucht."
„Das Dreisteste in Gerrlitz seit Freischwimmbad Marienplatz."
„Die Trennung der SchlesienBRDHeimkehrer von der Gerrlitzer
Bevölkerung ies ju guttl und scheen, aba diese Rassentrennung, diese
kienstlich hergestellte, ..., gewollte Rassentrennung..! ies ..."
„Kunst, Sie soan es!"
„Der Rücktritt des ZTU Mehlbrot wegen seines FinanzDebakels."
„Der Rücktritt von Mehlbrot. Der Rücktritt der ZTU ..."
„Die Unantastbarkeit der Vabrecher ... Und Schulen sollen der Jugend
Moral beibringen .." Die Ära Gharboim ... Die Ära Mehlbrot.."
„Die Weiber sejnn alle gleich."
„Die Soziale Murxwirtschaft der DDR seit 1990.."
„Der Jugend die DDR als Mittelalter vakoofen. Alle Energie der
Jugend auf doas Goldene Kalb reduzieren."
„Hott die Katholische Kirche ne Meenung dozu?"
"Nu nu?!, diese Razzia iss eene Konsequenz dovon. Eene hehre Kunst
iss die Ruhigstellung der Massen. An die Stelle von Jesus Christus iss
doas Goldene Kalb getreten. Die Religion stellt die Massen ruhig.
Spezifisch fier DDR iss die offiziell Atheistische Bevölkerung

vagleichbar miet´Jugoslawien bis 1990, wo in beiden Staaten die Religion keene Rolle gespielt hott. Die Atheistische Bevölkerung der DDR tut sich schwer, sich vom Christentum bekehren zu lassen. Aber längst hoamm Luxusgieter die Stelle der Religion eingenommen und oo die Atheisten bekehrt. Nu, die Religion iss jetze der Wahn, die Idolatrie der Luxusgieter, die Vaherrlichung des Reichtums."

Agent zu Paoli:"Was wollen wir mehr? Sie werden ock wohl miet´ner Razzia zurechtkommen."

Jesuit:"Fiehrungskräfte sejnn austauschbar."Paoli erschrocken greift sich an seinen Schlips. Jesuit weiter:"Vasetze ma Mehlbrot in een Dorf inna Eifel. Bier und der Fremdenvakehr sejnn fier die US-MilitärBasen schon immer doas beste AblenkungsManöva gewäsn. Nazis sejnn unentbehrlich. Sie lähmen die gesamte Jugend miet ´schlechtem Gewissen. Bleibt doas Goldene Kalb."

Paoli:"„Ich hoabe bis jetze gegloobt, die Razzia sei Werk des Vafassungsschutzes."

AmtsgerichtsChef:"Einzig beunruhigend, doaß die ZTU nischt von ihrer Razzia weeß. Die Partei organisiert ock sonst oalles selbst. Mir sejnn ock alle Mitglieder. Sie nieh?"

Kanalisation Spuorkasse:
Matze locker:"Rainer, doas Bier hoamma uns vadient."
Rainer:"Haste´n Harri oder was? Die Kanalisation von der Spuorkasse, direkt neben dem Gefängnis. Wie konnt Ieh bloß so bleede sein!"
Matze:"„Beruhig dich. Geduld." Die Ratten hüpfen über die 2 und den Geldsack
Matze:„Sieh es ock eefach mal goanz locker!"
Rainer:„Wer soll uns helfen? Du lieber Gott!"

Polizei Gobbinstroaße:
Paoli:"Die Razzia iss meen Ende."
Meier1:"Die personellen Konsequenzen."
Jesuit:"Die Katholische Kirche."
Paoli :"Die Mafia. Jetze hoab iehs. Die Razzia iss een Werk der Mafia", aus der Haut fahrend," Alle hoamm sich gen mich vaschworen."
Meier1:"Frontalangriff. Wie immer. Mir broochen was fier die Medien."

Paoli:"RTVGerrlitz?"
Meier1 gelassen:"Nee, die goanz Großen. .. AÄT, ZTF, Internationale Presse.
Lassen Sie mich bloß machen. Und Sie! Herr Biergermeister, werden een Held!"
Bürgermeister:"Ieh will an solchem Betrug nieh mietemachen."
AmtsgerichtsChef:"Es ist die Lösung. Die einzige Lösung."

Platz des 17.Juni BusBahnhof wird augenblicklich von Bussen des Daitschen Geheimdienstes überfüllt. Innerhalb einer Viertelstunde wird Postplatz Platz der Befreiung von Autonomem NeoNazis, seltsamerweise alle vermummt, mit Hakenkreuzen übersät. Aber die Menschenmasse an dem FußballWMTag sieht dem nicht hilflos zu, denn viele fassen sich ein Herz und ziehen den NeoNazis die Maske vom Gesicht. Aber genauso schnell wie diese Vermummten gekommen sind, so schnell stehen sie wie pünktlich wie ein Sondereinsatzkommando auf dem Platz der Befreiung. Und wie Pilze aus dem Boden schießen plötzlich, man könnte fast sagen, wie auf Bestellung, Fernsehen, Internationale Presse, alle do und filmen. Gerrlitz Zentrum ist überschwemmt von Hakenkreuz Graffiti AN JEDEM HAUS. Bei dem MedienRummel unauffällig durchsucht ein Großaufgebot der Staatsanwaltschaft ALLE Häuser und Büros der ZTU kein Reporter hier.

Matze:"Scheeße, wir kennen hier werklich nieh raus."
Rainer:"Was´n do los ?!", klettert hoch, beide gucken aus dem KanalDeckel. Hier offenbart sich ihnen ein seltsames Bild: Gröhlen NaziGesänge und Nazis raus! Überall Polizei und Französisches Fernsehen und Le Munde und Fikaro gleichzeitig stehen mit Interviews vor Amtsgericht/Gefängnis mit Blick zum MichelBrunnen, Post, man sieht, wie sie jungen nichtsahnenden Gerrlitzern aufdringlich Bierkästen anbieten und dafür um eine „HitlerGrußPose" bitten, Aufnahme, Film ab.
Rainer:"Irgendwie wirkt doas wie BerufsDemonstranten. Na, Uf gäht ´s!"
Matze:"Flucht nach vorn!" Rainer und Matze klettern aus Klosetdeckel.
Rainer:"Historienspiele? Die Pest zu Gerrlitz? Ieh dachte doas kommt erst nächste Woche." Jetzt stürmt auch die Intafi den Platz der

Befreiung Postplatz Stroaßenschlacht. Währenddessen: Paoli, der eine AntiNeoNaziRede mitten auf dem Platz der Befreiung Postplatz hält, macht sich zum Held des ZTF, Internationalen Fernsehens und Presse. Polizist kommt auf Rainer und Matze zu:"Sie durfen hier jetze nieh stören."

Aber:Zwischenfall: BGSBus kommt voll Polen zum Platz der Befreiung Postplatz. Eine buntgemischte Menschenmenge: Schulkinder bis Rentner steigen aus und erschrecken vor dieser Kulisse. Jetzt randalieren die Polen aus dem LinienBus an Paoli´s RedilerTribüne und versauen die scheene Rede.

Matze:"Die sollten lieber mal den Regisseur wechseln. Na, mir werden abends FernsehNachrichten sähn."

Rainer:"een vollkommenes Daitsches NaziBild für die Internationalen Medien."

Polizist kommt auf Rainer und Matze zu:

Matze:"Scheeße!"

Polizist:"Sie durfen hier jetze nieh stören." bemerkt Geldsack, ihm dämmerts, kreischt nach Kollegen:"Bankräuber!" Jetzt Stroaßenboahn und Katl verursacht das Chaos:

Katl brüllt:"Kontrolle!"

in Stroaßenboahn Aufruhr Verhaftung von Schwarzfahrern. Sie verhaftet gleich einige Personen, unter anderem den berühmten Politiker Dr.Vaitlä und ruft die Polizei, die Polizisten, die von Roswittl wieder aus der Spuorkasse herausgelockt am SpuorkassenEingang mit dem Wegezoll in Schach gehalten werden und sich nur schweren Herzens loseisen können, aber plötzlich von Diensteifer erfüllt die Straßenbahn stürmen und Dr. Vaitlä verhaften und ihm Handschellen anlegen, während er brüllt:"Aba Ieh fahr zum Fußball, zur „Eiswiese", do muß Ieh hinne! Doas kennen Sie nieh machen! Ieh bin im Stadtrat!"

Rainer und Matze, die zwei Bankräuber, schleichen mit Geldsack in Stroaßenschlacht Tumult ungläubig über den Platz der Befreiung.

Menschenauflauf an Stadthalle und Zoll : Danuta schleppt in Kartoffelsack direkt unter den Augen des BRDZolls den Geldsack der Bank über die Brücke.

Die Arabische Delegation mit ihrer Reiseführerin am Grenzübergang spricht über den Abbau der Grenzen.

Besucher schmeißen mit den WMMaskottchen und brüllen Buhrufe, randalieren, als das Public Viewing wegen Neonazis abgesagt wird. 14.45Uhr: Stadthalle: Mehlbrot trifft mit Helikopter ein. Die Stimmung der Volksmenge ist heiß. Allerdings hat es der InfoDienst des Landesvaters nicht vermocht, ihn von der RassenHetzjagd von Polnischen Randalierern gegen Tschechen zwischen Hochschule und JakobBöhmeDenkmal zu verständigen und dementsprechend auch nicht von dem durch den Krisenstab sofort geänderten Plan, nämlich, Nerkel nicht die WM in GerrlitzStadthalle vom Balkon anpfeifen zu lassen, sondern die Kriegskanzlerin schleunigst ins Stadion des Eröffnungsspiels zu bringen, und schleunigst das gesamte Public Viewing in Gerrlitz abzublasen.

15.00Uhr:Tim und Struppi Irak: Freedom Bombs. Im Moment als die Truppe das Geld im Sack hat, gibt Fritz per Mausklick von seinem Laptop vom LKW aus das SendeSignal für PublicViewing an Stadthalle und Michel:"Tim und Struppi in IrakFreedom Bombs." Liveübertragung zu menschenüberfüllten Stadthalle und Postplatz. Eine StroaßentheaterCombo macht Musik, während das bekannte mutmaßliche ComicPlagiat RiesenDimensional auf die Menschenmenge herabrieselt. Alle OlliLeute tun so, als würden sie sich nicht kennen. Rainer moderiert vom Balkon der Stadthalle: „Dresden Elefanten im Park schreiend rumgerannt. Brennende Menschen haben sich zum Löschen in die Elbe gestürzt. Da hats noch besser gebrannt. Stroaßen, der Asphalt hat gebrannt." Und plötzlich LiveSchaltung doch ins EröffnungsSpiel der FußballWM rein: Nerkel im Stadion, die Kamera geht ganz nah zu den Prominenten in der Tribüne, hier sitzt Nerkel, und Kamera geht ganz nah an Nerkel ran, die begeistert das Fußballspiel anstarrt. Fritz hält Mikrofon ins Publikum. Übertragung in die Lautsprecher von Postplatz und Stadthalle:
Hannel:"Eene vableedete Votze!"
Raunen, wütendes Buhrufen, Brüllen gegen Nerkel an der Stadthalle und auf PostPlatz untermalt mit Gelächter massenweise auf diese Naheinstellung der Nerkel. Dann Fritz Einspielung SpuorkassenChef mit GeheimdienstChef. Wut und RevolutionsStimmung.

Katl nach dem erfolgreichen Bankraub als Erste:"So, do machen mir jetze amol richtich Vesperpoose!"

Stroaßentheaterstück an der Stadthalle: Alle Leute der WMgruppe spielen in Jakob Böhme Klamotten.

Unter anderem:
Mario als Emmerich GeschäftsMann:"Ich hoab ne Schlampe geschwängert. Was kostet bee Ihnen n Ablaßbrief?"APPLAUS
 Fazit über die Gesellschaft: Die merkens nicht mehr.

Jippi spielt sich selbst Leben im Einzigen Öffentlichen WC der EuroStadt Gerrlitz im Bauwagen. Ursl und Achim tanzen
 Hannel und ihr Freund glücklich

Mario am Flügel, Rainer kommentiert, spricht zum StummComicStreifen an RiesenVideoLeinwand. Die Menschenmenge zerbirst vor Begeisterung. Fußball ist vergessen.